BIFTECK

Né à Brest en 1957, écrivain, cinéaste, Martin Provost a réalisé quatre longs métrages, dont *Séraphine*, plébiscité par la presse, par le public, et récompensé en 2009 par sept césars. En 2011 est sorti sur les écrans *Où va la nuit*, adapté du roman de Keith Ridgway, *Mauvaise pente*. *Bifteck* est son troisième roman après *Aime-moi vite* (1992) et *Léger, humain, pardonnable* (2008).

MARTIN PROVOST

PHÉBUS

L'auteur a bénéficié pour la rédaction de cet ouvrage
de l'aide du Centre national du livre

ISBN : 978-2-253-16173-8 – 1re publication LGF

« Je voudrais un bifteck pour un homme. »

Annie ERNAUX, *Journal du dehors*.

1

André Plomeur est né à Quimper, par un beau jour d'avril. Sa mère finissait de larder un rôti de bœuf quand elle se sentit embrochée comme un poulet prêt à cuire. La cliente qui attendait, la voyant étouffer, crut que c'était le cœur qui lâchait. Mais non. Ça se passait plus bas. Lorsque les eaux se mirent à ruisseler sur la sciure, on envoya chercher le futur papa aux abattoirs. Il fallait le prévenir dare-dare que l'enfant de l'amour arrivait.

Élevé au lait entier, le jeune André évolua rapidement dans la tradition ancestrale en travaillant au magasin dès l'âge de cinq ans. À sept, il savait déjà tenir la caisse, à huit, égorger son premier mouton, à dix, vous désosser une épaule en deux temps trois mouvements et l'entrelarder sous votre nez, façon bouchère. Fallait voir comment il aimait la bidoche. Si les pianistes naissent tous avec un don, André semblait venu sur terre avec celui qui fait chanter le bifteck.

Toutes ses années scolaires, il les passa à la boucherie, l'enseigne arborant les lettres du nom familial peintes en rouge sang sur un fond rose fuchsia. Loïc, son père, Fernande, sa mère (descendante directe d'une lignée de charcutiers originaire de l'île de Molène, créateurs de la saucisse du même nom), décidèrent, à l'arrivée du rejeton, de ne rien changer aux principes d'une éducation transmise par les générations précédentes, qui avait déjà fait ses preuves. Loïc apprit donc lui-même au marmot l'art des voyelles et des consonnes. Chaque fois qu'il débitait les quartiers de bidoche au hachoir, il lui faisait répéter à voix haute les noms inscrits sur les panneaux cloués aux murs de la boucherie où les bœufs, les moutons, les cochons et les chevaux, soigneusement dessinés à la plume, apparaissaient découpés en morceaux. A comme abats, B comme bifteck, C comme côtelette, D comme dindon (chez Plomeur, on faisait aussi la volaille), E comme épaule, F comme filet mignon, G comme gigot, H comme hure, I comme indigestion…

Fernande lui apprit l'écriture. Ainsi, l'escalope, l'émincé, le carré, l'éclanche, la poitrine, la longe, le quasi, le cuisseau et la rouelle du veau lui devinrent aussi familiers qu'à d'autres Gargantua et Blanche-Neige. Jamais on ne lui raconta une seule histoire. À quoi pouvaient servir ces contes dont on gavait les enfants dès leur plus jeune âge, pensait Fernande, sinon à s'encombrer l'esprit et engraisser pécuniairement ceux qui les écrivent ? Pour s'endormir, André eut tous les soirs un os à moelle à ronger dans son lit.

Son premier mot ne fut évidemment pas de ceux auxquels on s'attend d'habitude, ces chers « papa », « maman » lâchés comme la preuve absolue d'une prédisposition du cœur à nommer l'un et l'autre, pas du tout. Après les gargouillis et onomatopées d'usage, le jour où Fernande décida de sevrer à jamais son loupiot en sanglant fermement ses tétons, ce dernier lâcha ce seul mot, qui resta pour toujours gravé dans les annales :

— Bifteck !

— Non, répondit-elle avec logique, en lui montrant sur sa peau blanche à quoi correspondait l'erreur.

Pour ce qui fut d'apprendre à compter, Fernande le frotta tout aussi vite à la réalité. Aucun jeton ni cube en bois à assembler, aucune ardoise pour les premiers calculs. Elle mit à sa disposition dès son plus jeune âge les sacs de pièces qu'elle triait religieusement le soir.

Ainsi, il fit très vite la différence entre francs et centimes, faisant preuve par là même d'un sens inné du commerce, c'est-à-dire de la chair convertie en espèces.

André n'alla jamais au catéchisme. Chez lui, on ne montrait pas plus d'émotion devant un Christ ensanglanté sur sa croix qu'à la vue d'un demi-veau fraîchement sorti de l'abattoir. La viande, qu'elle fût humaine ou animale, signifiait gain et non matière transcendable. D'ailleurs les cloches qui sonnaient, sonnaient seulement pour donner l'heure, et André pensa pendant longtemps qu'une église était chaque dimanche aux fidèles ce que la grande halle était aux bœufs et aux cochons le samedi.

Le jour de ses treize ans, il découvrit l'amour. André était précoce. Non pas qu'il fût tourmenté particulièrement par la chose, ni beau au point qu'il tourmentât les autres, au contraire. Blond, le front bas, l'œil rond cerclé de cils si jaunes qu'ils lui donnaient un regard d'albinos, il avait la bouche molle et le menton fuyant, flasque, déjà triple avant l'âge. Ses bras, dodus et courts, sans coudes, semblaient directement soudés au tronc central, sans articulations, comme ses jambes.

Souvent, quand il était heureux, de ses gros doigts huileux il se tâtait le cœur, non sans éprouver une joie encore plus profonde à sentir sous ses os ses propres entrecôtes. Mais il plaisait comme il était, le bougre, malgré sa peau toute rose, ses cheveux mucilagineux qui, même s'il les shampouinait soigneusement à chaque jour du Seigneur, revenaient à leur état gras naturel le lendemain. Les mains nuit et jour dans la viande, serinait Fernande, ça n'aide pas le taux de cholestérol.

Jeannine fut la première à éveiller en lui des prédispositions viriles. Ce jour-là, le jeune André venait de servir un bol de bouillon de poule à ses parents cloués au fond du lit par une mauvaise angine, quand la cloche de l'entrée fit résonner son joyeux petit ding.

Jeannine Le Meur vendait sur les marchés, c'est dire si elle avait le don d'alpaguer les hommes. Sans doute avait-elle aussi celui de double vue, car à peine entrevit-elle le jeune boucher que sa chair éprouva le besoin impérieux de goûter à la sienne. À l'époque, la méthode Ogino, seul moyen de contraception en vigueur, n'empêchait pas qu'on eût des pulsions dangereuses.

Une ombre de poils à peine plus dorés que les autres luisait au-dessus des lèvres d'André, et Jeannine en conclut que la puberté avait commencé son office. Elle se jeta sur lui, et le força à fermer boutique.

Une fois baissé le rideau de fer, la défloreuse lui fit sa petite affaire à même le vieux carrelage, entre les tas de déchets pour chiens, les os à moelle et les blocs de saindoux. Ses belles fesses roulaient dans la sciure pendant qu'elle initiait le petit gars au plaisir de la chair, de cette chair-là, soudain vivante, qui se mit à chanter sous ses doigts.

Jusqu'à ce jour, la curiosité du jeune homme l'avait seulement poussé à tripoter parfois le croupion des volailles, à taquiner les pis des vaches, et lorsque à la boucherie le père rentrait des abattoirs avec sa cargaison d'abats (Fernande les attendait de pied ferme pour la confection des célèbres saucisses), André ne soupçonnait même pas que les valseuses de porc que sa sainte mère faisait sauter aux petits oignons dans la cocotte pouvaient avoir le même usage que celles qui valdinguaient au fond de sa culotte. En découvrant Jeannine, il découvrit l'usage intelligent du cœur.

Celle-ci, tout ébaubie de se sentir aimée jusqu'au fond des entrailles, comprit que le boucher cachait un véritable artiste, et loua son grand génie dans tout le Finistère. Ainsi, de Quimper au Faou, de Landerneau à Brest et de Plougonvelin à Roscoff, courut par les marchés le bruit qu'un jeune boucher avait le don de faire chanter la chair.

Comme Mozart, n'oublions pas qu'André descendait d'une lignée dont les gènes s'étaient transmis jusqu'à lui, en héritage. Il ne devait pas sa gloire à son seul génie. Plusieurs générations d'interprètes font parfois un compositeur.

La guerre de 14 ayant raflé tous les mâles du canton, Jeannine lui fit vite une réputation. En quelques mois, bon nombre de Quimpéroises ouvrirent à son fameux doigté leurs plus secrets quartiers. Aucun doute. Si physiquement rien ne prédisposait le si jeune boucher à autant de succès, dans ses mains, la chair féminine se mettait à chanter.

Très vite, la queue des ménagères s'étira de la boucherie Plomeur à la boulangerie Boénec, puis de la boulangerie Boénec à la poissonnerie Magadur, de la poissonnerie Magadur aux *Nouveautés parisiennes*, et des *Nouveautés parisiennes* au parvis de la cathédrale.

Devant tant d'affluence les braves parents Plomeur ne se posèrent pas la moindre question. Ils attribuèrent leur bonne fortune à l'alliance des Finistère nord et sud. Sans Fernande, jamais Quimper n'aurait connu les saucisses de Molène. Mais lorsque apparurent à la boucherie ces sommités locales qui d'habitude envoient leurs gens de maison, Solange Coétmieux par exemple, la sous-préfète, et la comtesse de Kergaradec en personne, qui fit stopper sa royale calèche devant chez Plomeur et descendit faire la queue comme tout le monde, une sorte d'émoi mystique s'empara de Loïc et Fernande. Et si un ange était passé par là pour leur remplir la caisse ?

Il faut dire que la guerre de 14 n'en finissait pas de durer. Trois ans étaient passés et les fleurs aux fusils avaient eu le temps de faner. Alors les esseulées, les presque veuves et celles qui l'étaient civilement, toutes ces pauvresses nées de peu ou qui possédaient tout, prirent le pli et vinrent chez Plomeur faire la queue pour acheter leur bifteck.

Chaque fois que les gros doigts d'André, aux ongles bien rongés, commençaient à tailler habilement la macreuse, les onglets, les bavettes, les prétendantes se massaient au-dessus du comptoir pour avoir les meilleurs morceaux, en exhibant les leurs.

Loïc avait beau clamer à toutes ces affamées qu'ici, malgré la guerre, personne ne repartirait les mains vides, il savait qu'elles se battaient pour l'araignée, ce morceau des gourmets qui est au bœuf ce que le sot-l'y-laisse est au poulet grillé. Car c'était cette étroite languette persillée, aussi ferme que tendre, d'un rouge aussi foncé que le secret des lèvres, moelleuse, goûteuse, juteuse à souhait, qui donnait le signal.

Celle à qui était échu le morceau de barbaque dans le papier journal savait qu'entre midi et deux, à l'heure de fermeture, tandis que Loïc et Fernande siestaient dans leur galetas du premier, sur leur matelas bourré de billets de mille, André sortirait faire son tour. Le lieu de rendez-vous était toujours le même, derrière la cathédrale. Une fois que les futurs s'étaient reconnus d'un coup d'œil, André suivait jusque chez elle l'élue à l'araignée.

Il paraît que la force d'aimer du tout jeune étalon était telle qu'être aimée une seule fois suffisait pour qu'on eût l'impression d'être aimée pour toujours. Cela signifie-t-il qu'atteindre le point culminant du plaisir annule à jamais tout besoin de plaisir ? Les duchesses arrivées au ciel n'en redescendaient pas de sitôt, et nombreuses furent celles qui, après cette expérience unique, partirent en retraite chez les moines de Landévennec, en presqu'île de Crozon, et finirent par y prendre le voile.

Sa besogne accomplie, André rentrait chez lui, l'esprit vide et les sangs fouettés par l'action. Même s'il n'était pas le genre d'homme à se projeter dans l'avenir, il attendait la curée du lendemain comme une bénédiction. La vie pour lui se vivait au présent, pas ailleurs qu'en ce corps dont il ignorait même qu'il pût posséder un esprit.

Hélas ! Si les prédispositions d'André à aimer les Bretonnes pouvaient laisser penser qu'il élargirait tôt ou tard son terrain d'expérimentation aux départements limitrophes, Charentaises, Landaises et Limousines n'eurent pourtant pas le temps de goûter à ses dons.

Par un beau matin de novembre, comme sont beaux les matins en Bretagne, gris, mouillé, avec un ciel si bas qu'on le croit posé sur sa tête comme une crêpe, le garde champêtre proclama l'armistice. À la boucherie, on se frotta les mains. Pour Loïc et Fernande, les soldats qui rentraient, c'étaient des ventres avides et affamés, impatients d'engloutir sans compter côtelettes et petit salé, gigots, sans parler des biftecks en tout genre, bien sûr.

Ce jour-là, Fernande descendit la première comme à son habitude, son bol de chicorée à la main et sa tartine de graisse d'oignon dans l'autre, leva la grille d'un coup de sabot précis et sec, presque gai, s'approcha, après s'être bien rétablie sur ses jambes, du peu de lumière que le ciel moiré daignait partager ce jour-là avec les humains, décidée à offrir son visage chafouin au crachin, histoire de faire un brin de toilette, quand elle découvrit un panier en osier posé à ses pieds.

Un joli marmot s'y trouvait, le sourire gazouillant et l'œil vif, coquin, un petit mot épinglé à son bavoir brodé sur lequel Fernande décrypta non sans difficulté : « Voici ton enfant, André, il n'est pas encore baptisé, prends-en soin. »

— Qu'est-ce que c'est que ce machin ? dit-elle en montrant à son fils la preuve de sa santé.

Il y eut les réprimandes, les pleurs, la colère de Fernande, et enfin les menaces, les « tu sais ce que ça coûte, un bébé ? ».

André n'y prit pas garde. Il venait de découvrir Dieu. Témoin d'un second miracle, après celui qui lui avait inopinément ouvert les bras des clientes de la boucherie Plomeur, il tomba instantanément amoureux du bébé. Fernande le somma d'aller le jeter dans l'Odet, et, comme elle essuya un refus plus que catégorique, trépigna, menaça d'en faire de la chair à saucisse, du pâté, mais rien n'y fit. André prit l'enfant sous son aile et monta s'enfermer dans sa chambre dont il ne sortit plus pendant de longues semaines, à peine pour faire bouillir du lait.

Les affaires commencèrent à péricliter. André ayant interrompu du jour au lendemain tout commerce du corps derrière la cathédrale, les longues et célèbres queues devant la boucherie Plomeur se mirent à rétrécir, jusqu'à devenir peau de chagrin. Au début, les clientes, pour la plupart des veuves, continuèrent leur manège, s'inquiétant de l'absence d'André, demandant poliment après lui tout en achetant leur bifteck, mais après une ou deux visites, n'ayant plus sous les yeux l'objet de leurs désirs, se mirent à fuir la frustration et son insatiable aiguillon, en allant acheter du poisson aux halles.

Loïc et Fernande voyaient avec désespoir fondre leurs tas de billets de mille. Loïc dut crever son matelas pour combler les pertes et acheter encore aux abattoirs. La viande fraîche ne le restait pas longtemps. Des légions de saucisses pourrissaient par grappes en dégoulinant des crochets, comme de la guimauve, sans parler des cuisseaux et des foies de génisse qui furent distribués aux pauvres qui n'en voulurent même pas, ni les chiens ni les chats.

Loïc et Fernande supplièrent, tempêtèrent, menacèrent leur fils de fermer à jamais la boucherie, de vendre ou d'y flanquer le feu, quitte à trahir les ancêtres, rien n'y fit. Il était en congé. Maternité oblige.

Un autre enfant survint, puis un troisième, un quatrième, et ce pendant six mois, jusqu'à la dernière gueule cassée revenue du combat. En tout, il en hérita de sept dont il accepta chaque fois la charge avec joie.

Fernande en trépassa, d'une violente crise de goutte. Loïc décida de porter son cercueil sur son dos jusqu'à la pointe du Raz, afin de rendre à l'Océan qui l'avait menée jusqu'ici cette fille de Molène. Les flots refusant d'emporter le cercueil, Loïc sauta dessus comme sur un radeau et déchira sa chemise, la hissant comme une voile.

On dit qu'on l'aperçoit encore, lorsque la lune est pleine, entre la pointe du Raz et le cap de la Chèvre, debout sur le cercueil, tenant entre ses bras le corps de sa bouchère enroulée dans la voile.

2

André n'avait donc pas prévu d'être orphelin si tôt, encore moins responsable à seize ans d'une telle descendance. Pas le temps de pleurer les parents. Sept bambins réclamaient à cor et à cri une sérieuse pitance. Il se mit au travail, et la boucherie Plomeur retrouva de son brio.

S'il avait fait l'amour comme d'autres partent à la guerre, bravement, et sans trop réfléchir, il savait maintenant que tout acte porte en lui-même ses fruits. L'attachement viscéral que le tout jeune papa éprouvait pour sa progéniture allait de pair avec l'éducation qu'on lui avait transmise depuis son plus jeune âge. Oui, il y avait du veau là-dessous, de l'agneau, du chevreau, du porcelet et du poussin. André empoigna son nouveau destin à pleines mains et protégea, engraissa, éduqua généreusement sa chair.

Preuve vivante que l'instinct maternel n'appartient pas qu'aux femmes, il jouait les deux rôles à la fois. En précurseur, il comprit que l'homme n'était pas seulement homme, et la femme pas seulement femme, mais bien sûr l'un et l'autre, comme la lune, solidaire du soleil, partage le même ciel.

Si les gènes de ses nombreuses conquêtes s'étaient biologiquement mélangés aux siens, il n'en restait pas moins que ceux du jeune boucher prédominaient très largement. Il suffisait de voir les têtes de ses cinq garçons. Blonds, ronds, bien gras, ils étaient les sosies du papa. On pouvait expliquer ainsi l'impossibilité majeure pour les abandonneuses à garder auprès d'elles d'aussi brûlants souvenirs. Les gros doigts des bébés portaient tous les stigmates du futur découpeur. Aucun doute, ils étaient nés Plomeur.

Le premier-né à la boucherie (André avait décidé d'attribuer à chacun comme date d'anniversaire le jour de son entrée dans l'établissement familial) fut prénommé Tanguy. Il tirait vers le roux et des taches parsemaient déjà son front bas et ses joues, molles, flasques, de la même texture que celles de son père. Costaud, trapu, il était heureux d'être là avec son papa. L'abandon dont il était victime soldait une fois pour toutes l'erreur de sa première naissance. André se reconnut en lui comme en ceux qui déboulèrent dans les semaines qui suivirent (tous avaient les cheveux queue-de-vache, la peau constellée de taches, des fronts courts, des yeux petits et enfoncés dans des joues conséquentes), à qui il donna les prénoms qu'il lut sur le calendrier des postes et qu'il estimait du terroir, Yannick, Cédric, Pierric, et enfin Guénolé, le dernier.

Les filles vinrent quand on n'attendait plus. André appela la première Maryvonne. Elle était longue, fine, un peu altière. On pouvait lire sur son minois pincé qu'elle avait les doigts faits pour palper la dentelle et non les saucisses de Molène. Idem pour la seconde, Gretchen, dont la blondeur nordique et la grâce naturelle lui rappelèrent tout de suite les manières de Solange Coétmieux, l'épouse du sous-préfet, qu'on savait d'origine danoise.

Jamais André n'aurait pensé attribuer à sa fille un prénom sans consonance bretonne, mais lorsqu'il trouva son couffin à la porte, on avait pris soin de broder son prénom au fil d'or sur le lin de sa barboteuse, comme sur tous ses effets personnels. Gretchen avait une garde-robe du tonnerre, une garde-robe de fille de sous-préfet. Elle sentait si bon l'eau de Cologne, le princier et le propre, et elle lui inspirait déjà un tel respect qu'il n'osa pas la débaptiser.

Les deux sœurs ayant visiblement un peu d'avance sur leurs cinq frères, comme si souvent les filles, elles se donnèrent rapidement quelques airs d'importance, troublant l'ordre au préalable établi pour imposer sans discussion leur droit d'aînesse, refusant les biberons au lait cru coupés d'une cuiller de blé noir, ainsi que la bouillie d'avoine. Elles ressemblaient si peu à leur papa qu'il espéra que les enfants ressemblaient peut-être avant tout à celui qui les aime. André se mit en quatre pour leur plaire, les saoula si éperdument de câlins, papouilles et de gazous-gazous qu'il lui semblait parfois déceler dans le fond de leurs yeux, tandis qu'il les berçait, le bonheur extatique de leurs mères.

3

Tanguy, Yannick, Cédric, Pierric, Guénolé, Maryvonne et Gretchen étaient donc frères et sœurs. Évidemment, il n'y avait pas entre eux l'écart d'âge naturel qui permet aux gens comme il faut d'attribuer ces heureux événements aux mariages conclus dans les règles de l'art. Toutes les Quimpéroises s'évertuaient à compter, en vain. Elles y perdirent tant et si bien leur latin (les femmes ont ceci en commun que leurs guerres se font dès la maternité, les quatre fers en l'air) qu'un curieux bruit finit par courir dans les rues de Quimper. On disait que la Sainte Vierge avait laissé sa trace à la boucherie Plomeur.

On vint voir la rumeur en face. Sept d'un coup, et qui plus est sans femme, c'était un vrai miracle. Les clientes qui avaient déserté la boucherie y revinrent pour se prosterner dans la sciure. Sept immaculées conceptions, ça valait le détour. Pendant les mois qui suivirent, on prit l'habitude de venir s'assouplir les ménisques, et tout en rendant grâce à la Milady du Seigneur, on achetait son bifteck. Ainsi André put nourrir et vêtir largement son petit monde.

Les mois passèrent, un automne, un hiver, puis le printemps revint. La couvée grandissait, prospère et bien nourrie, au comble de la béatitude affective. André était un autre. André avait trouvé un nouveau sens à sa vie.

Si les garçons ne lui posaient pas le moindre problème, pas plus que Maryvonne, force lui fut de constater que Gretchen, malgré tous ses efforts, ne prenait rien de lui. Non seulement la récalcitrante ne se décidait toujours pas à ressembler à son père, mais elle semblait vouloir établir entre eux une sorte de rapport idiot, comme de rivalité. Elle refusait la viande, ne trouvant son bonheur que dans la purée de pois, pommes de terre ou carottes.

Était-ce l'effet d'une intelligence plus subtile que celle de ses frères et sœurs qui interdisait à cette végétarienne innée d'effacer un passé que Maryvonne, de même évidente haute extraction, semblait avoir jeté aux oubliettes ?

La carotte chez Plomeur, c'était la garniture du bœuf, pas le plat de résistance. Tout le monde savait la sous-préfète assez proche des bêtes pour s'empêcher de les servir en sauce. De mauvaises langues disaient que c'était un prétexte et qu'elle servait aux repas officiels des soupes et des gratins, des potées, des quiches et des flamiches parce qu'elle était radine. On allait jusqu'à dire qu'elle se gardait les biftecks pour elle. C'était ne pas voir que le cœur de Solange saignait chaque fois qu'on égorgeait un mouton, un cochon ou un bœuf.

Visiblement Gretchen avait des réminiscences. Tout en se pâmant dans les bras de son père lorsqu'il la câlinait, elle restait la digne fille de Solange.

Lorsqu'il apprit que Félix Coétmieux, son mari, était rentré cul-de-jatte quand tout Quimper le croyait enterré à Verdun, André douta du choix de l'abandonneuse. L'enfant n'aurait-il pu rester Coétmieux, ayant avec sa propre mère assez de points communs pour que le faux papa, voyant cette ressemblance, acceptât sans hésitation d'en devenir un vrai ? Gretchen était née fille de sous-préfète. Elle réclamait un père digne de sa position sociale.

Une nuit que ses enfants dormaient paisiblement dans le lit de Loïc et Fernande devenu désormais le leur, blottis les uns contre les autres comme une portée de chiots, on frappa discrètement trois coups à la porte de la boutique.

André venait d'acquérir une Singer à pédale, machine révolutionnaire à l'époque. Penché sur son nouvel engin, il apprenait les bâtis à la stéatite, confectionnait jupes droites et caracos pour les petites, culottes et vestons pour les petits, concentré sur l'aiguille qui allait et venait dans le tweed écossais qu'il avait acheté au mètre aux *Galeries parisiennes*. Il tendit l'oreille. On frappa une seconde fois si fort que le toc-toc-toc sec et sourd fit frissonner les murs comme si c'était un revenant qui voulait entrer.

André abandonna son ouvrage et descendit sans faire de bruit, à la faible lueur de la lampe. De l'autre côté des grilles, une ombre agitée faisait les cent pas. Il reconnut d'abord ses jambes. De toutes les femmes qu'il avait aimées, Solange était, de loin, la mieux pourvue. Sa hauteur naturelle, sa peau blanche aux veines roses, à peine discernables, ses cheveux dorés et nattés qui, une fois dénoués, lui tombaient jusqu'aux chevilles, ses poignets si fins qu'elle tendait avec son désir chaque fois qu'André la retrouvait et qu'il s'ingéniait à couvrir de baisers mordants jusqu'à l'apostasie finale, comment oublier une telle stature de notable ?

Sans ouvrir, il s'excusa de ne pouvoir la servir. À cette heure si tardive, il n'avait pas la moindre barbaque en stock.

— Où est-elle ? s'exclama Solange, des larmes plein les yeux.

— Elle dort, répondit-il en mettant son doigt sur sa bouche.

Elle leva son délicat visage vers le premier étage et André vit alors, dans ces yeux égarés, gorgés d'un trop-plein d'amour maternel, cette même douleur qu'il avait devinée chez les vaches à qui l'on vient de prendre un veau pour le mener à l'abattoir, et qui meuglent à la mort pendant plusieurs semaines.

— Reprenez-la, dit-il, elle est végétarienne.

— Mais vous n'y pensez pas ! s'exclama Solange, qui tomba à genoux, et, à travers les grilles, chercha à lui baiser les mains, les pieds. Jurez-moi que vous n'abandonnerez jamais ma fille. Mon mari la tuerait !

André, pour être à sa hauteur, se baissa à son tour, puis, craignant d'être vu par quelque vipère nocturne, il entrouvrit la grille et entraîna Solange au fond de la boutique où elle put enfin déverser le chagrin de son cœur.

Félix Coétmieux, son sous-préfet de mari, n'ayant jamais réussi à l'aimer assez fort pour lui donner à la fois plaisir et rejeton, Solange avait, comme chacun sait, précocement voué sa vie à Dieu et aux pauvres. Membre actif des Jeunesses catholiques, elle commettait depuis toujours de saintes actions au nom de sa paroisse. Quand la guerre éclata, emmenant son mari (ce qui ne lui causa aucun chagrin), puis tous les indigents sur le front (ce qui lui en causa beaucoup plus), il ne se trouva plus en quelques mois dans tout le Finistère un seul pauvret à qui donner trois pièces ou même un bol de soupe. Elle commença à s'ennuyer, puis à déprimer ferme. L'idée de finir ses jours sans occupation, loin de sa terre natale, et seule, la fit douter d'elle-même, de la vie, et pour finir de Dieu, en qui elle plaçait tout.

Un beau jour de confesse, tandis qu'elle attendait sagement son tour, lui parvinrent aux oreilles les confidences insensées d'une païenne qui avouait au curé comment un jeune boucher l'avait fait jouir si fort qu'elle en avait traversé le plafond, le toit et les nuages, et s'était retrouvée en plein ciel, dans les bras de Jésus et du Seigneur

Lui-même, comprenant par là même le mystère de la sainte Trinité.

— Il s'agit, répondit le curé en lui donnant l'absolution, d'une illumination par la chair.

Comme un stradivarius à l'approche de l'archet, celle de Solange commença aussitôt à vibrer. L'idée même d'un rapport physique avec un boucher, fût-il jeune, aurait dû suffire à l'épouvanter, mais elle frémissait déjà des orteils à la nuque, comme consciente du prodige à distance.

À peine sortie sur le parvis, elle se rendit à la boucherie Plomeur, les mains, la gorge et le front pieusement oints d'eau bénite.

La tête basse, elle prit la queue comme tout le monde (malgré son aversion pour la viande, elle avait décidé d'acheter un bon kilo de bourguignon qu'elle aurait plus tard abandonné aux chiens) et attendit sagement son tour.

À peine aperçut-elle le jeune André derrière l'étal de sa boutique qu'un petit cri jaillit du fond de sa poitrine. Elle n'était pas la seule. À la vue des doigts rouges et gonflés qui palpaient la bidoche, toutes les ménagères décollaient très nettement du sol.

Après une heure de délicieuse angoisse, comme chacune espérait, on sonna l'heure de l'araignée.

Miracle ! Ce fut à Solange qu'échut le délicat morceau que les autres lorgnaient.

— C'est un moment que je n'oublierai jamais, dit-elle, sa main gantée cherchant à contenir une mer de larmes.

Deux heures plus tard, elle attendait derrière la cathédrale, tous les sens aux abois. André réussit vite à les apaiser tous, et la peur d'être vue disparut, soumise à cette loi du plaisir qui fait parfois de notre sœur douleur la joie.

— Vous êtes un saint, dit-elle, en effleurant d'un doigt les lèvres de son amant boucher.

Tandis qu'elle racontait, André admirait la beauté de Solange. Il n'éprouvait plus rien de ce désir impérieux et violent qui l'avait poussé autrefois derrière la cathédrale. Depuis qu'il était père, il aimait autrement.

Un mois plus tard, les règles ne venant pas, Solange quitta instantanément ses œuvres quimpéroises pour monter au front rejoindre son guerrier. Croire au divin n'empêche pas d'arranger des miracles. Il fallait agir vite pour permettre aux commères de compter leurs neuf mois en paix.

Évidemment, à peine rentrée à la sous-préfecture, Solange commença à prier que Félix n'y revînt jamais, et prît au combat une mauvaise balle. Après tout, la naissance de l'enfant valait bien un décès.

Elle crut être entendue par le Seigneur Lui-même car on télégraphia deux mois plus tard qu'en guise de pruneau dans le buffet Félix avait bêtement posé le pied gauche sur une mine. Littéralement pulvérisé, on n'avait même pas retrouvé un petit bout de son cadavre, histoire de lui payer des funérailles dignes d'un sous-préfet. Alors que toute la ville imaginait que la pauvre sous-préfète n'avait plus que ses yeux pour pleurer, cette dernière commença à souffler.

Gretchen, fille d'un héros national, Solange elle-même doublement pensionnée, veuve de guerre et de sous-préfet, l'avenir était au rose, même si elle se savait condamnée pendant un an à ne porter que du noir.

Hélas, après les derniers mois d'une grossesse heureuse suivie de l'expulsion facile de la divine enfant, on annonça à la maman la résurrection du défunt. On avait retrouvé Félix dans un camp en Allemagne. En fait de sauter sur une mine, il était passé sous un char, ce qui avait eu pour effet de le rendre cul-de-jatte, et pratiquement gâteux. Le premier fait ébranla moins Solange que le second qui pouvait laisser présager qu'il ne le serait peut-être pas toujours.

En effet, dès son retour en Bretagne, Félix reprit rapidement du poil de la bête. Le bon air du pays, les crêpes de sarrasin, le beurre salé, la vue depuis son lit des toits bleus de Quimper, le vent, la pluie, lui rafistolèrent les méninges. Après six mois, il se mit à fonctionner à peu près normalement.

Solange avait prudemment éloigné sa fille de la sous-préfecture, renvoyé tous les domestiques, prétextant qu'elle voulait être seule avec son grabataire pour s'occuper elle-même de sa santé mentale. Le temps n'était-il pas venu aux femmes de faire leur propre paix ? Ne s'y connaissaient-elles pas mieux que quiconque en matière de raccommodage humain ?

Elle enjoignit aussi toutes les épouses de notables à taire au sous-préfet l'annonce de sa paternité quand elles le savaient maintenant diminué par le bas. L'oubli de ces choses-là vaut parfois mieux que d'en raviver le souvenir. Un second choc pouvait être fatal. Les bigotes louaient la sainte courageuse et brûlaient cierge sur cierge à la cathédrale.

Évidemment, chaque soir, après avoir nourri, torché et couché son cul-de-jatte, certaine qu'il était bien coincé au lit, Solange courait les rues pour venir retrouver sa petite, placée chez une nourrice.

— Soudain il y eut cette lettre, dit-elle, une expression effrayante dans les yeux.

Elle arriva simplement par la poste, au nom du sous-préfet. Le sale corbeau y dénonçait Solange, avec force détails.

Solange nia, fit la fière, la choquée, méprisa son mari qui l'osait mettre en doute et, pendant quelques semaines, se crut enfin hors de danger. Hélas, en cachette, avec l'aide épistolaire de son charognard d'allié, le cul-de-jatte se fit livrer par la Manufacture des cycles de Saint-Étienne une paire de jambes de bois, ainsi que des béquilles.

Un soir, après la prière commune, il laissa filer la fautive qu'il suivit, clopin-clopant, dans les rues de Quimper, et découvrit le pot aux roses. Ni une ni deux, il exigea qu'on fît immédiatement la peau à cet enfant bâtard qui faisait de lui un cocu.

Dieu merci, la nourrice eut la présence d'esprit de ne pas résister aux pulsions du dément. À peine apparut-il, rouge vif, le moignon agressif, sanglé dans ses pilons en fer, qu'elle s'empara d'un paquet de linge sale qui traînait au fond d'un berceau, fit semblant de l'emmailloter à la hâte comme s'il s'agissait du poupon et, tout en le maintenant fermement contre son giron, brava les hurlements déchirants et complices de Solange, puis dans la confusion générale, fila avec l'oisillon soi-disant nouveau-né jusqu'aux rives de l'Odet.

Quelques instants plus tard, elle revint, pâle, sinistre, plus morte que la prétendue morte, et quand elle raconta la noyade (Gretchen aurait lâché son premier mot, « papa », au moment où les eaux noires du fleuve se refermaient sur elle) Solange tourna de l'œil, et Félix écrasa même une larme tant la comédienne jouait bien.

— Par chance, ajouta Solange, la nourrice n'ayant plus de lait, elle avait confié ce soir-là l'enfant à sa sœur qui n'habitait pas loin. Prévenue quelques instants plus tard, il ne lui resta plus qu'à venir la déposer chez vous à l'aube.

— Et votre mari ? demanda André.

Le bourreau satisfait, Solange avoua qu'elle dut se plier à toutes ses exigences, et elles étaient nombreuses.

— Si la guerre, dit-elle, est une chose atroce, les fantasmes qu'elle laisse aux anciens combattants ne sont pas de la gnognotte.

Tandis qu'elle racontait par le menu détail tout ce par quoi elle avait dû passer pour se faire pardonner, André ne voyait de Solange que ses yeux, ses yeux et ses pupilles – au-delà de l'iris et de l'humeur vitrée, l'éternel féminin. Il était subjugué. Il se sentait pareil à elle : une alliée, une sœur, une mère, une vache, une truie, une brebis, du lait plein le cœur et les pis. Il comprenait enfin pourquoi Gretchen était végétarienne. Mordre dans tant d'amour, ce n'était pas humain.

Le corbeau, lui, ne faisait pas grand cas de ce genre d'éternel car il continua de désavouer Solange, l'accusant de mentir au cul-de-jatte. L'enfant n'était pas mort, soutenait-il dans ses lettres, en jurant bien qu'à la prochaine il livrerait l'adresse où la traîtresse avait caché Gretchen. Craignant qu'André ne fût mis en danger, et avec lui leur fille, Solange jeta au feu jambes de bois et béquilles, et courut jusqu'à la boucherie le prévenir.

— Partez, fuyez, demain il sera trop tard.

— Et vous ? demanda André.

— Moi ? répondit Solange. Je ne peux plus faillir à ma tâche. J'ai péché, l'expiation est ma croix.

Et elle lui remit le collier qu'elle portait à son cou (de perles grosses comme ses larmes), afin qu'il payât à Gretchen une éducation digne d'une fille de sous-préfet.

— Quand elle sera majeure et bilingue, revenez à Quimper, dit-elle, je vous y attendrai.

— Vous ne voulez pas la voir ?

Elle déclina son offre par peur de trop souffrir et fila dans la nuit comme elle était venue, silencieuse et discrète, fluide comme un ectoplasme.

André comprit que le combat était perdu d'avance et il ferma boutique. Il n'avait plus d'honneur. Il s'agissait maintenant de sauver la vie du père de ses sept petits. Il rassembla pendant la nuit tout ce qui lui paraissait indispensable à ce soudain exode, ses couteaux, ses hachoirs, ses habits de boucher, du lard, du blé, et vingt paires de saucisses de Molène. Impossible d'emporter les meubles. Seul le matelas de Fernande serait du voyage.

Durant ces préparatifs se dessina peu à peu la destination du périple. Pas question d'errer comme des sauvages dans les forêts d'Huelgoat ou de Brocéliande, ni de partir vers l'est dévasté par la guerre. André décida de rallier les lointaines Amériques. En guise d'études scolaires, le collier de perles offert par Solange servirait à acheter le bateau.

Alors, dès l'aube, tandis que s'éteignaient un à un tous les becs de gaz et que les braves gens entrouvraient leurs lits clos, André ferma la porte de la boucherie Plomeur. Il lui dit adieu comme à ce qu'il y abandonnait de souvenirs et de passé glorieux et prit courageusement la route, tirant à mains nues la charrette paternelle qui servait autrefois au transport de la viande fraîche sortie des abattoirs, ce matin-là chargée d'enfants.

4

Le *Gretchen* filait doux six bons nœuds vers l'ouest, vent arrière, son foc et sa grand-voile généreusement ouverts en ciseaux. C'était un Cornu de douze mètres de long, un peu ventru, aux voiles de grosse toile rose délavées par l'eau de mer, qu'André avait troqué au port de Douarnenez à un vieux pêcheur amoureux contre le collier de perles. Il avait dû attendre deux bons jours avant de pouvoir embarquer, le bateau ayant à décharger sa cargaison de maquereaux à l'usine de conserves.

André en avait profité pour acheter en ville dix kilos de sel gros, de la glu, des clous et un marteau, une scie, d'énormes pains recuits aussi durs que le crâne de Fernande (Dieu ait pitié de l'âme qui se cachait dessous), du crin, des hameçons, des plombs, une tête de mouton grouillante d'asticots pour la pêche à la traîne, du miel, et enfin une bouteille de chouchen qu'il brisa sur la proue du bateau rebaptisé du nom de sa cadette.

Malgré la puanteur des restes de poissons qui croupissaient au fond de la cale, les sept petits étaient ravis. Installés sur le pont, ils regardaient défiler les grappes de nuages blancs tout en haut du grand mât comme si c'était la mer elle-même et ses brisants qu'ils découvraient dans un miroir. Ils semblaient confiants comme leur père en l'avenir. Le monde qu'ils avaient connu s'étant toujours limité au premier étage de la boucherie Plomeur, cette nouvelle liberté-là avait un avant-goût de *Peter Pan*.

Le jour du grand départ, André, qui n'avait jamais navigué de toute son existence, se rappela comment son père avait erré longtemps, debout sur le cercueil de sa mère, avant de gagner la haute mer.

Par peur de rater plusieurs fois l'embouchure du port et d'être la risée des pêcheurs, il apprit soigneusement à lire une carte marine, se guider à la lueur des balises et des phares, et tirer des bords avant de se lancer dans l'aventure.

Ainsi, le vieux bateau finit par s'éloigner, et les trois ultimes pointes du Finistère, Raz, Pen-Hir et Saint-Mathieu ne furent bientôt plus que de simples souvenirs, comme le *Gretchen* un minuscule accroc à l'horizon du ciel.

Depuis qu'ils vivaient à bord, les enfants restaient agglutinés les uns aux autres comme des moules, ne remuant pas d'un poil, assommés par l'air vif qui ventilait leurs poumons habitués aux exhalaisons fades de viande morte et de charcuterie fine à la boucherie Plomeur.

Bercés par un roulis qui leur rappelait sans doute les neuf mois de leur existence aquatique, comme des oiseaux trop tôt sortis du nid, ils attendaient prudemment de terminer leurs plumes avant d'oser se lancer dans l'exploration de leur nouveau fief.

Parfois ils ouvraient grands leurs becs. André y enfournait un bout de lard bien gras, le quart d'une saucisse et, quelques jours plus tard, quand il eut enfin réussi à monter une première ligne correcte, poids, crin et hameçon assemblés dans les règles de l'art, les poissons qu'il pêchait.

À partir de ce jour, Gretchen accepta tout ce que son père voulut bien lui offrir. Adieu caprices et tête de mule, l'enfant avala sardines, maquereaux, lottes, lieus jaunes et noirs, bars, espadons, thons, même crus, sans jamais rechigner. Son rire éclatait souvent, comme sa joie, tonnerre contagieux qui entraînait ceux de ses frères et sœur. Cette gaieté toute nouvelle visait-elle à signifier au papa que la mise à l'épreuve des premières semaines était terminée, le test arrivé à terme, les comptes clos ? L'amour entre eux enfin devenait fluide. André en fut le premier soulagé, et comblé. Et lorsqu'il prenait sa grosse voix parce qu'elle dépassait les bornes et que la cacophonie sur le pont l'empêchait de se concentrer sur son cap, elle plissait ses paupières comme une chatte qui vous dit sa confiance, et les gardait longtemps ainsi, sans baisser le regard. Gretchen avait compris parfaitement de quoi le reproche était fait, et elle l'acceptait, grave et silencieuse comme ses frères et sœur. Elle n'avait pas encore les mots pour le dire, mais elle savait déjà, comme eux, que l'amour d'un père a plusieurs visages, et que pas un ne l'empêcherait d'être heureuse.

5

Si André avait appris à se faire respecter d'un froncement de sourcils et aimer d'un simple sourire, il savait aussi d'un geste effacer toutes les craintes.

Ainsi, chaque soir, quand le crépuscule arrivait, et avec lui les tumultes intérieurs de ces très jeunes âmes, il s'attachait fermement la barre aux pieds après avoir affalé la grand-voile, en couvrait ses petits qui se blottissaient instantanément contre lui, à la recherche de cette tendresse indispensable à toute croissance humaine. Il conduisait de la pointe de son gros orteil, le bateau n'avançant plus qu'avec un simple foc. Il pouvait alors câliner à foison sa portée toute téteuse, tâter, masser, dorloter ces bras, ces cuisses, ces dos et ces fesses bien potelés, les gaver de gazous-gazous, chasser en eux toute velléité de douleur ou de peur, et pendant qu'il chantait de mémoire le seul air qu'il lui avait jamais été donné d'entendre…

On l'appelait le dénicheur,
Il était rusé comme une fouine,
C'était un gars qu'avait du cœur,
Et qui dénichait des combines,
Il vivait comme un grand seigneur,
Et quand on rencontrait sa dame,
On répétait sur toutes les gammes,
Voilà la femme à dénicheur.

… beuglé par Fernande à son mari les jours de liesse, il leur donnait du bout d'un doigt un peu de pain mouillé trempé de miel pour finir de les endormir.

André ne savait pas combien de temps durerait leur périple (Douarnenez-l'Amérique en Cornu, personne n'avait encore osé ça à l'époque). Il mangeait peu lui-même afin d'économiser les vivres, mâchouillait quelques peaux de saucisses, les arêtes et les queues des poissons, et gobait les mouches en plein vol, ce qui forçait l'admiration des mioches.

Ce degré d'abnégation était assez rare chez un homme à l'époque. Mais plus André veillait sur ses adultérins, plus la paternité éveillait en lui de la force. Pas celle du guerrier mâle prêt à donner sa vie pour une décoration, gagner le cœur d'une fille ou servir sa patrie, ce qui revient souvent au même, non, celle qui confère à la maternité cet amour si solide et constant qui est la nourriture terrestre, le passé, le présent et l'avenir de chacun.

Et puisqu'il n'était pas question pour lui de bâtir un empire immédiat pour y installer les siens – sur tant d'eau, c'eût été difficile – il décida de les aider à en bâtir un autre, le leur, celui où s'abritent tous les rêves. Alors il commença à leur raconter les Amériques.

Là-bas, on disait que les bêtes étaient gigantesques, les veaux gros comme des bœufs, les bœufs comme des bisons. Le bifteck quotidien pesait facilement cinq cents grammes dans l'assiette, sans l'os. Tout y sentait l'Éden, la fortune à gogo. Les maisons, des immeubles si hauts qu'on pouvait caresser les nuages quand on habitait au centième étage. Les voitures, tirées au moins par huit chevaux. Et l'électricité partout, dehors, dedans, le gaz à chaque étage. Et des magasins grands comme dix fois les *Galeries parisiennes*, vingt fois les *Dames de France* à Brest, alors imaginez un peu ! Un boucher aussi doué avec sept apprentis lâchés au paradis terrestre !

Quel regret pouvaient-ils bien avoir de laisser derrière eux cette Bretagne et son vieux fonds de commerce ? Le destin les avait tous jetés dehors ?! Eh bien ! Il allait voir ce qu'il allait voir.

André savait qu'un jour prochain la boucherie quimpéroise n'aurait plus suffi à nourrir huit adultes. Ses parents, grands-parents, arrière-grands-parents, arrière-arrière-grands-parents avaient toujours bien calculé leur coup. On léguait le pactole au seul fruit d'une copulation soigneusement préméditée et choisie. On ne badinait pas avec ça, chez Plomeur. L'amour, c'était le patrimoine concret, légué brut et complet. Murs, étals, hachoirs, chambre froide, le cosy-corner de Fernande, son orgueil, avec armoire à glace et coiffeuse assortie, et la salle à manger, table, buffet Henri II, six chaises qui n'avaient pratiquement jamais servi, sans oublier un coup de couteau vieux de plus de deux siècles. Tout ça ne se découpait pas en parts. Et encore moins en sept !

Chaque fois qu'il racontait les Amériques, André sentait monter en lui des aspirations titanesques vite assagies par les coups de vent et les tempêtes. Et même quand la nuit arrivait, que le vent continuait à souffler et la mer onduleuse à rugir, prisonnière de sa propre houle, il gambergeait encore, sa marmaille serrée contre lui, certain d'atteindre ce qu'ils échafaudaient ensemble, ce royaume idéal fait d'images et de mots, d'espoirs et de désirs, dont ils seraient de toute éternité les princes et les princesses.

6

André continua pendant plusieurs semaines à naviguer aveuglément vers l'ouest, pêchant, salant soigneusement le poisson comme son père lui avait appris à le faire pour le porc, recueillant l'eau de pluie dans des outres qu'il avait rafistolées lui-même, ramassant les bouts de bois flottés à la surface de la mer, en prévision d'un hiver qu'il espérait ne voir jamais venir.

Les jours, les semaines passèrent. Des mois peut-être. L'horizon paraissait reculer, et derrière lui la terre promise. Lorsque le dernier quart de lard disparut dans la bouche des enfants, l'angoisse avait cédé depuis longtemps à l'enthousiasme. La fatigue – André ne dormait presque pas –, la faim – il sacrifiait tout aux enfants –, l'intuition que l'Ankou les suivait à la trace, jouant à faire tourner les courants et les brises, assombrir la nuit, frôler le cœur des tourbillons pour bien lui faire entendre qu'il en voulait au bien de vie dont il avait la charge, tout sembla tout à coup conspirer contre lui.

Alors un soir, après une pêche miteuse, l'ultime cuillerée de miel avalée avec les ultimes croûtes de pain, un désespoir profond s'empara du boucher. Et s'il s'était trompé ? S'il n'était pas capable de mener le *Gretchen* à bon port avec ses passagers ?

Il se leva, yeux, bras, poings tendus vers le ciel, et pour la première fois maudit ce Dieu barbare qui avait fait de lui une ombre, un pauvre diable errant perdu sur l'Océan, cet élément qui n'était pas le sien. Existait-Il, celui dont on disait qu'il suffisait de s'adresser à Lui pour recevoir Sa grâce, fallait-il connaître un autre alphabet pour que Son Importance daignât s'abaisser à lui porter secours – lui, le petit boucher, le tout petit boucher bercé d'illusions grandioses, simple père d'une famille nombreuse qui méritait autant qu'une autre une vie digne de ce nom ? Un signe ? André n'en demandait pas tant. Un souffle tiède dans les cheveux de ses moussaillons, le vague flambeau d'une aube lointaine sur quelques rochers épars auraient suffi à lui rendre un soupçon d'espoir.

Et tandis qu'il crachait toute sa bile, des larmes amères creusaient des sillons dans ses joues déjà usées par le soleil et le sel, pareilles à du vieux parchemin.

Quand il eut terminé, que sa haine fut vidée, jetée par-dessus bord tel un filet dont on espère toujours qu'il reviendra gorgé de proies vivantes, la mer s'arrêta de bouger. Il y eut un grand silence, un de ces lourds silences comme avant un orage, quand les oiseaux n'osent plus chanter, ni même les insectes, et que se frôlent entre elles les herbes folles en s'efforçant de ne pas faire de bruit, et que les papillons ferment leurs ailes.

André était debout, bras ballants, épuisé. Maintenant il avait le choix : d'un côté, se laisser tomber dans la fosse noire et glacée qui le tuerait en quelques secondes, de l'autre… Il ne prit pas le temps d'y penser. Parce qu'il voulait en finir au plus vite avec toute cette souffrance, il laissa son corps choisir, se dérober au peu de volonté qu'il lui restait. Mais soudain, il détourna un court instant son visage du sombre miroir qui l'hypnotisait vers cet autre côté qui semblait vouloir rétablir l'équilibre. Une force était là qui cherchait à le retenir, une force qui appartenait à la vie. Sept paires d'yeux le regardaient fixement. Sept anges étaient là, assis, sages, confiants, constants dans leur amour. André pouvait reprendre tranquillement le contrôle du bateau. L'avenir et le destin ne formaient plus qu'un. C'est en prenant soin de ces vies encore mal définies qu'il prenait le mieux soin de la sienne.

Et dans son esprit si peu sophistiqué s'établit plus solidement cette pensée fixe et ferme : conduire ces enfants à bon port, ainsi trouver le sien.

7

Un matin, Gretchen aperçut une myriade de poissons volants minuscules, argentés et luisants, qui bondissaient à la surface de l'eau comme des libellules, filant de droite à gauche, revenant sur leurs pas, à l'envers, à l'endroit, zigzaguant comme pour échapper aux mâchoires d'un prédateur féroce, peut-être un banc de loups affamés et voraces. Pour la première fois elle se mit debout sur ses jambes encore si peu solides, aux genoux incurvés. Elle ouvrit grande la bouche, et lâcha son premier mot comme un pet :

— Beau ! dit-elle.

Vint ensuite le tour de Cédric, celui de Guénolé, qui tous à leur façon célébraient ces nouveaux paysages.

— Beau ! Beau !

Même s'ils nommaient les choses avec maladresse et désordre, là, entre ciel et abysses, leur besoin de rendre hommage à ce qu'ils voyaient était tel et le choc qu'ils éprouvaient si grand que les mots leur sortaient comme par enchantement de la bouche.

— Beau ! Beau !

Ainsi, Pierric à son tour salua une baleine qui répondit par un grand geyser blanc, Maryvonne un dauphin qui bondit hors de l'eau sur le bout de sa queue, Tanguy un cormoran qui lâcha sur le pont la sardine qu'il venait de pêcher, et Guénolé, le petit dernier, le plus lent et le plus pataud, lança un grand « bonjour » joyeux à son père, au réveil.

Ému, André voyait avec fierté sa chair s'animer et grandir. La position debout semblait aller de pair avec l'apparition du verbe car en se levant tous, sans craindre de sentir leur bateau remuer sous leurs pieds, ils se mirent à parler, parler, parler sans s'arrêter, commentant entre eux toutes ces beautés que leur soudain éveil mettait à leur portée.

André préféra se taire et laisser libre cours à ce nouveau verbiage, sans chercher à en corriger les fautes. Car les enfants se comprenaient très bien entre eux, ils nommaient à leur façon chaque chose. Et ils se mirent à bavarder si facilement les uns avec les autres, mais aussi avec l'eau, le vent, les poissons, les nuages, les oiseaux, le soleil, enfin tout ce qui s'animait autour d'eux, que les mots finirent par s'assembler et former de vraies phrases.

Et plus ils conversaient, plus ils remuaient, plus ils dépliaient leurs petits corps comme leurs intelligences. Instruments d'une nature qui ne cessait de grandir en eux, le spectacle qu'ils offraient était si beau à voir qu'André se surprit à pleurer. Ces larmes-là étaient très différentes des désespérées, trop salées. Elles étaient douces et sucrées.

Un matin, en désignant les voiles qui battaient au vent et l'horizon lointain qui continuait son lent tracé vide et imperturbable, Tanguy s'exprima en ces mots :

— Bateau ! Bateau ! Moi !

André mit aussitôt l'enfant debout sur un seau renversé, à hauteur de la barre. Il lui montra comment remonter ou abattre, tenir les drisses, gonfler les voiles, comment trouver la direction du vent en observant la course des nuages, et quand il n'y en a pas en tendant un doigt mouillé vers le ciel. Et comme Tanguy enfonçait consciencieusement son doigt dans sa bouche, six autres petits doigts l'imitèrent instantanément. Ce que l'un apprenait, ils l'apprenaient forcément tous.

Tanguy serra si bien le vent que le bateau se pencha, se pencha, prenant de la vitesse. Rassuré, André put enfin s'allonger et dormir. Pendant combien de temps ? Il ne le sut jamais. Juste avant de fermer les yeux, il pensa qu'il était dans l'ordre des choses que les enfants prissent un jour le contrôle du *Gretchen*, que leur instinct tout neuf les mènerait peut-être plus facilement au but. La détermination d'André à sauver sa famille avait-elle accéléré l'évolution des poupons ? Tanguy, Yannick, Cédric, Pierric, Guénolé, Maryvonne et Gretchen, s'ils avaient pris conscience de la précarité d'une existence humaine, semblaient avoir aussi compris ce qui fait sa grandeur.

La nuit, ils veillaient tendrement sur leur père et, les yeux grands ouverts, sondaient les mystères du cosmos. Ils décidèrent de donner aux étoiles des noms qu'ils garderaient secrets entre eux. Ainsi, s'ils s'égaraient un jour, ils seraient sûrs de toujours retrouver leur chemin, les uns vers les autres.

Aux étoiles les plus proches, les plus fixes, ils attribuèrent leurs prénoms. À celles qui se trouvaient à l'arrière-plan, le nom des sept couleurs.

Aux plus lointaines encore mais visibles à l'œil nu, celui des sept notes de musique. Et enfin, comme la spirale ne cessait de se déployer et qu'ils aimaient passionnément leur père, les mots propres à nommer tous les morceaux du poulet, du mouton, du cochon et du bœuf.

Ils s'emparèrent d'une vieille voile déchirée dans laquelle ils découpèrent un grand carré de toile de la taille d'un drapeau, et, tandis qu'ils énonçaient à voix haute les mots sacrés de leurs ancêtres, collet, carré, éclanche, escalope, filet, rognon, aile, pilon, quasi, rouelle, cervelle, gîte, joue, fagoue, queue, mou, fressure, noix, souris, épaule, à l'aide d'un bout de bois brûlé, ils tracèrent cette nouvelle représentation du ciel. Lorsqu'ils eurent terminé, ils entreprirent d'assombrir à l'encre de seiche tout ce qu'il restait d'espace vide dans cette voûte céleste. Puis ils suspendirent leur œuvre à la poupe du bateau, pour que le vent la sèche.

André s'éveilla quand le jour commençait à peine. Le sirocco apportait d'Afrique un air brûlant chargé de sable.

Il regarda tendrement ses petits endormis contre lui, se tenant fermement les uns aux autres par les mains et les pieds, et aperçut la voile peinte qui claquait à l'arrière du bateau, baignée par les premières lueurs de l'aube.

À travers le tissu grossier badigeonné de noir, il reconnut le corps d'un homme, bras et jambes ouverts, tête haute, avec à l'emplacement du cœur, comme sept minuscules boutons-d'or, les étoiles que s'étaient attribuées les sept artistes en herbe.

8

Le vent se déplaça soudain du sud à l'ouest, de l'ouest au nord, charriant de gros nuages bas qui s'effilochaient en tricotant autour du *Gretchen* un magma d'ouate grise. Pendant plus d'une semaine, la neige tomba, recouvrant peu à peu le bateau d'une épaisse croûte glacée. Les enfants, babas, réfugiés sous une bâche, n'osaient pas abîmer le velours blanc qui s'amoncelait.

Comme le froid commençait à leur faire des engelures, André décida d'aménager la cale. Les installations d'origine étaient plutôt sommaires. Trois bannettes aux paillasses moisies et grouillantes de punaises, une table grignotée par les vers, deux bancs cassés nageant dans l'eau saumâtre et, ô miracle, un vieux poêle en fonte.

André entreprit aussitôt de le rafistoler, et,

quand cela fut fait, montra aux enfants comment rassembler en tas un peu de brindilles sèches, craquer une allumette, souffler avec mesure sur les flammèches… À la première fumée, une colonie de rats s'échappa du conduit et se jeta à la patouille. À l'aide d'un haveneau, André les rattrapa tous, et à l'immense stupéfaction des mioches il leur tordit le cou, comme à des poules. Avec la viande, il concocta une sorte de ragoût parfumé au goémon et à la couenne du lard. Il garda précieusement les viscères dans un seau. Ils devaient servir à boitter les lignes. Puis il tanna les peaux en les faisant sécher devant le poêle, car il voulait confectionner des moufles. Pendant ce temps, le *Gretchen* continuait à dériver lentement, les voiles basses. Tous les quarts d'heure André montait sur le pont et soufflait dans la corne de brume. Mais la neige qui tombait était si épaisse qu'il semblait improbable que le son traversât cet écran.

André en profita pour colmater les infiltrations dans la coque avec de la glu fondue, écoper la vieille eau, enfumer les punaises. Les lieux prirent peu à peu un air de roulotte à l'ancienne, et les derniers rats, dégoûtés par tant de propreté, finirent par se rendre d'eux-mêmes.

André commença à découper puis à coudre des morceaux de vieilles voiles. Les enfants admiraient l'usage qu'il faisait des ciseaux et du fil. De ses doigts expérimentés naquirent peu à peu des gilets, des caleçons, et des bonnets imperméables pour toute sa belle famille.

Il apprit aux enfants l'art des nœuds. Sous sa conduite, les novices découvrirent ce qu'ils savaient déjà d'instinct, le ficelage d'un rôti, d'un gigot, d'une épaule de mouton valait bien la confection d'une ligne à lancer ou de fond. Qu'ils fussent simples, coulants, doubles, droits ou même de galère, les nœuds étaient des nœuds, comme les hommes, noirs ou blancs, rouges ou jaunes, de cette même espèce dite « des hommes ».

Quand les lignes furent prêtes, ils montèrent sur le pont. La neige continuait à tomber, tomber sur une mer houleuse et grise. Même si c'était le jour, on se croyait en plein cœur de la nuit. André attacha soigneusement ses petits au grand mât. Il craignait trop, si une grosse pièce venait à mordre, que l'un d'entre eux ne se fasse emporter par les flots.

Ils extirpèrent ainsi des eaux noires du grand large bon nombre de maquereaux, de lieus, une raie dont les yeux épouvantés fixèrent longtemps ceux de ces jeunes cannibales qui ne les baissèrent pas, un thon d'un bon mètre de long qu'ils mirent plus d'une heure à sortir de la mer.

Ils les vidèrent, les tranchèrent en de nombreux quartiers qu'ils stockèrent dans la neige. Leurs doigts saignaient malgré les moufles, brûlés par le boyau des lignes, blessés par les écailles, les arêtes. Ils ne se plaignaient pas. Ils travaillaient ferme.

Quand la nuit retomba, épuisés par l'effort, trempés et glacés jusqu'aux os, ils redescendirent dans la cale. Ils se déshabillèrent vite et se blottirent les uns contre les autres comme des chiots, frottant leurs peaux de leurs petits museaux.

André attisa le feu. Il compta le poisson. Il y en avait assez pour tenir trois semaines, peut-être plus, à condition qu'il fasse assez froid pour le conserver dans la neige.

Penché sur ses petits prodiges, il les regardait dormir. Quel âge avait maintenant Tanguy ? Et Yannick, et Cédric ? Était-il possible que l'Amérique fût si loin ? Ils étaient devenus de vrais petits hommes. Et Gretchen, et Maryvonne… Elles travaillaient aussi dur que leurs frères. Pourtant, aucune fatigue ne transparaissait sur leur visage. Seulement la paix et le bonheur d'être en vie.

Quand il se sentit plein de cette vision qui donnait tout son sens à son existence, André se coucha parmi ses petits, attirant à lui les sept corps endormis qui se refermèrent sur son corps comme les pétales d'une même fleur.

Il s'endormit vite, noyé par la tendresse.

9

Au milieu de la nuit, André ouvrit les yeux. Son cœur battait trop fort dans sa poitrine et il respirait mal. Tout dehors semblait calme, effroyablement calme. Le vent ne soufflait plus, la mer ne se cognait plus à la proue du *Gretchen* qui ne se balançait plus. Quelques braises rougeoyaient dans le poêle. Il faisait bon et chaud. Pas un carré de peau qui ne fût tendrement recouvert d'une main ou d'un pied, d'une joue ou d'un dos. Pourtant la peur était là qui lui serrait la gorge. Il commença à suffoquer. L'Ankou, l'Ankou rôdait de l'autre côté de la coque. Il savait comment le passeur des âmes prépare toujours ses coups en vache. La mort n'abandonne pas si facilement un champ de bataille.

André tendit la main vers la vitre salée du hublot. Il essuya la buée. Dehors, le ciel était noir comme la mer, et l'air noir comme le sang que Fernande touillait à pleines mains à chaque jour du boudin. Il se pencha davantage. Impossible de voir les vaguelettes qui affleurent normalement à la ligne de flottaison. Le *Gretchen* semblait en apesanteur, comme épargné par la gravitation terrestre. S'était-il échoué pendant leur sommeil sur une balise, un rocher improbable, les glaces s'étaient-elles refermées sur sa coque au point de les prendre, corps, biens et âmes, comme dans du cristal, ou avait-il coulé si vite que ni André ni ses petits n'avaient eu le temps de s'en apercevoir ? Était-ce cela mourir, se réveiller dans l'autre monde avec le sentiment d'avoir oublié ses clés, quelque chose ou quelqu'un, de ne pas avoir totalement accompli sa tâche ?

André se frotta les yeux. Il voulait cesser de rêver ou avoir la preuve que le rêve était réalité.

Soudain les nuages se déchirèrent et la lune rousse et rose balaya rapidement l'horizon de son iris blafard. L'inquiétude céda instantanément à l'angoisse. Grise et huileuse, épaisse et verte comme une langue d'hépatique, apparemment calme quand tout travaillait à l'intérieur, la mer, surprise par l'œil de la tempête, s'était brusquement arrêtée de bouger, abandonnant le *Gretchen* à l'extrême cime d'une lame où elle le maintenait en équilibre tel un jouet.

À peine une première risée vint rider sa surface qu'elle redéploya lentement ses roulements de houle comme s'il s'agissait du mécanisme d'une gigantesque horloge. Alors la pointe du *Gretchen* bascula vers l'avant.

André rassembla ses enfants contre lui, serra les dents, les poings. Son cœur chavira avec le bateau qui chutait de l'autre côté de la vague. Mais plus le *Gretchen* tombait, plus les visages de Tanguy, Yannick, Cédric, Pierric, Guénolé, Maryvonne et Gretchen demeuraient impassibles. Ils souriaient béatement. Rien n'arrêterait jamais leur rêve. Celui d'André, c'était de garder pour toujours ces petits corps contre lui, manteau de peau et de viande chaudes, couverture vivante qu'aucune tempête n'empêcherait jamais de grandir.

Le bateau allait s'écraser dans l'abîme quand il fut rattrapé de justesse par une autre vague qui le suspendit avant de le lâcher une nouvelle fois dans le vide, puis une troisième survint, et encore, et encore...

Les enfants endormis s'amusaient comme sur des chevaux de bois, et plus le mouvement s'amplifiait, plus ils riaient de monter et descendre. André finit par rire aussi. La vie était un jeu que les enfants pratiquaient à merveille. Avec eux, il était invincible.

10

L'île ressemblait à un gâteau, une de ces barquettes aux fraises de Plougastel que Fernande achetait pour les grandes occasions chez Le Meur, l'illustre pâtisserie de Quimper. La pâte au beurre était fine et dorée, les fraises posées dessus comme des mamelons. Le bateau s'était pris un gros caillou dans le flanc gauche. Un miracle qu'il n'ait pas coulé. Malgré le trou béant, la vieille carcasse tenait bon, accrochée aux rochers comme une bernique.

Où pouvaient-ils bien avoir échoué ? Était-ce vraiment une île ? Comment le savoir sans arpenter ce nouveau territoire d'est en ouest, du nord au sud ? Qui sait s'ils n'avaient pas débarqué en Amérique ? Le voyage avait été si long ; des jours, des semaines, des mois, des années peut-être à errer, et puis le vent toujours, les tempêtes, l'horizon infini au bout de l'autre monde qui reculait sans cesse, la faim, la soif, à vouloir en finir, que tout disparaisse, jusqu'à la mémoire. André se souvenait vaguement du cauchemar de la nuit passée.

Il posa sa main en visière sur son front pour se protéger du soleil. Jamais de mémoire de Breton il n'en avait vu un aussi gros, aussi chaud, posé comme une galette au beau milieu du ciel. Et ce ciel ! Bleu comme la mer à l'envers. Plus bleu que le bleu des yeux de Solange.

Comme il pensait à elle, il eut soudain le mal du pays. C'était un mal étrange et neuf qui lui brouillait les tripes en enserrant ses membres, comme pour les engourdir, à vouloir les laisser derrière soi. Oui, Quimper lui manquait. Il soupira en s'imaginant à la crêperie Le Gall, attablé devant une gamelle de bouillie d'avoine frite dans du beurre salé, arrosée d'un grand bol de cidre. Il revit la boucherie, ses étals, la chambre et le cosy où Loïc et Fernande s'étaient aimés et lui avaient donné le jour. Il pensa au plaisir. Toutes ses femmes lui manquaient, Solange Coëtmieux en tête.

Une plage de sable blanc s'étirait entre la terre et l'eau. Un instant, André espéra que le *Gretchen* les avait ramenés au bercail. S'il avait eu la bonne idée de revenir s'échouer quelque part sur la côte bretonne, de rentrer à la niche comme un chien fidèle... Qui sait s'ils n'avaient pas accosté à Sein, à Belle-Île, à Bréhat, Houat, Ouessant ou Molène ? Qui sait si dans l'heure qui suivrait il ne palperait pas de ses gros doigts une de ces merveilleuses saucisses qui avaient fait l'orgueil de la boucherie Plomeur.

À y bien réfléchir, il ne craignait pas d'avoir tourné en rond, pourvu qu'il soit revenu à la case départ. Quelle honte y aurait-il eue à ça ? Comme au jeu de l'oie, le voyage avait rempli son office ; à sa façon, André était devenu un héros. Et il se sentait fort, beaucoup plus fort qu'avant, assez fort en tout cas pour braver toutes les tempêtes humaines. Le sous-préfet Coétmieux n'avait qu'à filer doux.

Sur le pont, la neige avait fondu et, avec elle, toutes les réserves de poisson. Les fonds marins étaient si clairs qu'on en voyait se balader en colonies multicolores, aux écailles jaunes et bleues, aux queues roses et violettes. André n'en croyait pas ses yeux. Se pouvait-il que les maquereaux, les lieus, la raie et le grand thon coupés en morceaux aient ressuscité de la sorte ?

Il leva à nouveau les yeux vers le ciel. Dieu sait que les ciels d'été sont beaux en Bretagne, mais un bleu comme celui-là, il n'en avait encore jamais vu.

Jamais non plus de ces grands arbres alignés comme les dents d'un râteau, couronnés d'une sorte de plumet à longues feuilles, et qui se balançaient nonchalamment, des chapelets de grosses noix accrochés à l'encolure du tronc, comme des colliers de perles.

Un moment, il se surprit à osciller lentement comme eux, s'imaginant dansant au bal de la sous-préfecture avec Solange, fasciné par ses longs cils et son chapeau à plumes. Ces drôles d'arbres-là étaient gracieux comme des femmes.

Tandis qu'il tanguait doucement ainsi, lui revint à l'esprit l'ouragan passé avec ses vagues surnaturelles. Où étaient les enfants ? L'Ankou, l'ouvrier de la mort, avait-il remporté la victoire, englouti sa marmaille comme les provisions de poisson sur le pont, abandonnant André, seul survivant, sur cette île ?

Mortifié, il redescendit dans la cale, fouilla coins et recoins, mais ne trouva personne. Aucune trace de Tanguy, Yannick, Cédric, Pierric, Guénolé, Maryvonne et Gretchen. Les bannettes étaient vides.

Pris de panique, il remonta sur le pont et appela de toutes ses forces, mais aucune petite voix claire ne retentit à l'horizon, aucun écho ne lui rendit la promesse d'une frimousse aux cheveux en bataille.

Il pensa : Les enfants sont certainement descendus à terre, et de l'autre côté des dunes, ils ne peuvent pas m'entendre. Alors il sauta du bateau et il avança à grands pas, frappant l'eau de ses mains ouvertes, assez fort pour se hisser dessus, mais lorsqu'il se retrouva au sec et commença à courir sur le sable, son corps, dans la position verticale, était trop habitué au tangage incessant du *Gretchen*. Après dix mètres, il tituba et s'effondra à quatre pattes, obligé de fermer les yeux pour retrouver son équilibre.

Non. Pas elle, se disait-il, pas maintenant. Pas toi. Celle qui l'avait porté depuis sa naissance et qu'il retrouvait enfin, voilà qu'elle l'abandonnait ? Non, pas toi, murmurait-il, en se forçant à lutter contre ce qui ressemblait trop au vide, pas toi...

Peu à peu le roulis intérieur cessa. André commença à goûter au bonheur stable de la terre. Lentement, il frotta son front sur le sable luisant, ses joues, sa bouche, frissonna au contact humide des grains sur ses lèvres. Alors il se permit de rouvrir les yeux.

Elles étaient là, sous son nez, sagement alignées, parfaites et rassurantes, empreintes moulées dans le sable encore humide de la marée descendante. Il lui suffisait de compter.

— Un, deux, trois, cinq, non… quatre, sept, non… cinq, six… bafouillait-il, le cœur battant.

La peur qu'il en manquât un seul rendait le calcul difficile.

— Sept, huit, neuf, dix, onze, douze, treize, quatorze. Jésus, Marie, Joseph ! Les quatorze petits pieds étaient là, et avec eux leurs jolis doigts intacts. La mer ne les avait pas emportés, ni aucun prédateur marin qui se serait servi au passage. Ils allaient simplement à la queue leu leu vers cette forêt aux arbres singuliers.

André décida d'y entrer à son tour.

11

À Quimper, les oiseaux préférés d'André, c'étaient les martinets. Ils arrivaient avec le printemps et repartaient avec l'automne, et leur présence signifiait toujours quelque chose de bon. André se souvenait de leurs cris stridents, les soirs d'été, quand ils se jetaient du haut des clochers de la cathédrale, et s'arrêtaient net à la surface de l'Odet, quelques mouches et moustiques au bec.

Ici, les oiseaux avaient l'air beaucoup plus nombreux, mais ils demeuraient parfaitement invisibles. Ça sifflait, ça roucoulait et croassait impitoyablement, sans jamais montrer la moindre plume ni lâcher la moindre fiente. Depuis des mois, André n'avait eu pour compagnons de voyage que des goélands avides et gueulards, des cormorans, et quelques trop rares albatros. Cela le rendit tout à coup très joyeux d'être accueilli par cette musique pimpante, qui n'était pas sans lui rappeler la fanfare de Quimper, avec ses cuivres. Il avait l'impression d'être un général des armées, rentrant triomphalement chez lui, sur un char.

Soudain, comme il marchait le nez en l'air et l'oreille épanouie, surpris qu'aucun de ces petits chanteurs ne lui montrât son bec (il en connaissait un rayon sur les oiseaux des bois, mésanges, fauvettes à tête noire, rousserolles effarvattes, traquets, rouges-queues, merles, grives draines et grives musiciennes, son père lui ayant appris à les attraper à la glu pour les vendre à prix d'or sous le nom ronflant d'ortolans, à Noël), un volatile pas plus gros qu'une grosse libellule tournoya au-dessus de son crâne, ses ailes bleues battant si rapidement qu'on aurait pu croire qu'il en avait une centaine. Il disparut aussi vite qu'il était apparu. Un deuxième s'approcha, puis un troisième, tout aussi minuscules, agités, virevoltants. Leur corps était d'un vert émeraude presque phosphorescent, tacheté d'éclats de rouge si pur, si éclatant qu'André se demanda comment il avait pu concevoir un jour que ces oiseaux lilliputiens, incarnation de la beauté sur terre, feraient une bonne friture. Quelle chance, se dit-il en lui-même, mais quelle chance d'avoir enfin des yeux pour voir ! Et comme les chasseurs sont bêtes…

À peine ces pensées jaillirent-elles des profondeurs magmatiques de son cerveau que les oiseaux des bois sortirent de leurs cachettes et s'affairèrent à découvert, partagés comme tout ce qui vit sur terre entre affaires journalières, amours et devoirs parentaux. André se demanda si ces nouvelles idées pacifistes n'étaient pas parvenues à leur entendement. Manifestement rassurés qu'on ne cherchât pas à s'approprier ce qui, une fois détruit, n'est plus que de la triste chair, les oiseaux volaient maintenant autour de lui par milliers, tous plus impertinents les uns que les autres, les premiers étant certainement les éclaireurs de toute la colonie. De mémoire, André n'avait jamais remarqué en Bretagne des oiseaux capables d'une telle intelligence collective.

Il pensa que le *Gretchen* s'était échoué sur un continent tout à fait singulier, et il pressa le pas, impatient de retrouver ses enfants pour leur annoncer la bonne nouvelle.

12

Quand il eut traversé la forêt, le sable à ses pieds avait complètement disparu. À sa place, s'étalait une herbe épaisse et drue (de cette herbe de dune si moelleuse qu'il fait bon se rouler dessus), d'un jaune clair et tendre, comme du beurre ou du saindoux un peu rance, aussi douce aux pieds que la soie d'un porc. Elle poussait sur un sol drainé par des milliers de ruisseaux souterrains microscopiques, de couleur rosâtre, qui n'étaient pas sans rappeler ces vaisseaux sanguins qui affleurent la chair des lapins qu'on écorche.

Un bon boucher ne se soucie pas seulement du poids des bêtes qu'il va acheter mais aussi de la nourriture qu'on leur a prodiguée. Il connaissait les meilleurs prés, les meilleurs foins des Finistère nord et sud. Jamais de mémoire de Breton il n'avait vu une telle pâture.

Plus loin, de gros buissons grouillaient de fruits bien rouges. André s'en approcha. La pauvre Gretchen s'était nourrie depuis des mois de poisson et de rat en daube, elle qui ne jurait que par les fruits et légumes. Un gueuleton de framboises, de mûres ou de groseilles sauvages valait bien une purée de pois et carottes !

Mais comme André se penchait vers son trésor en se frottant les mains, il découvrit qu'en fait de fruits il s'agissait de petits bouts de bidoche, et plus précisément de la branche des abats. Oui, ces baies gorgées de jus et de sucre n'étaient autres que des cœurs miniatures et vivants, palpitants, pas plus gros que ceux d'un pigeon ou d'un coq. André se demanda si sa raison chancelait. Mais non. Ces cœurs battaient comme la preuve absolue de l'existence de Dieu.

L'Amérique ! Y était-il enfin sur cette terre promise, ce paradis aux veaux gros comme des bœufs, aux bœufs comme des bisons, aux bisons comme des hippopotames ? André se mit à les chercher des yeux, ainsi que les oignons et les échalotes qui accommoderaient cet imprévisible festin. Où étaient ses enfants ? Il lui tardait de rassembler sa marmaille comme un chien de berger son troupeau, qu'ils célèbrent ensemble la promesse d'une telle ripaille. N'était-il pas le premier boucher breton à avoir traversé les mers, et ses sept petits, dont aucun n'avait appris à nager, les premiers à poser le pied sur ce nouveau monde ? La récompense était là, bientôt dans leurs assiettes.

Comme il salivait en imaginant ces cœurs mignons sautés amoureusement aux pommes de terre, topinambours, choux-raves ou navets géants qui poussaient certainement à foison dans cet éden, il tâta d'un doigt connaisseur le ventricule gauche d'un de ces menus appareils cardiaques. Une petite voix l'arrêta aussitôt dans son geste en protestant :

— Hé ! Ho !

Jamais de mémoire de boucher André n'avait entendu un fruit parler, encore moins un morceau de barbaque. Dieu sait qu'il en avait palpé, et des plus délicats que ces bas morceaux qui n'oseraient quand même pas rivaliser avec un jarret de veau ou un bon morceau de lard. Pourtant, il était bien certain que cette voix indignée provenait de ce petit cœur qu'il avait touché. Il tendit à nouveau la main.

— Hé ! Ho ! reprit-on encore, du calme ! Est-ce que je me permets, moi, de vous tripatouiller la glotte ?

— La glotte ? reprit André, troublé de se voir répondre à cette chose qui s'adressait à lui en égal.

— Tripatouiller la glotte, répétèrent plusieurs petites voix, en chœur.

— Mais je… je ne cherchais pas… baragouina André au comble de la confusion. Je ne cherchais pas à vous tripatouiller, je… je voulais seulement…

— Il voulait seulement… reprirent les petites voix, goguenardes.

— Je… je voulais…

Inquiet d'ajouter un seul mot qui jouerait une fois de plus en sa défaveur, et ne sachant pas jusqu'à quel point ces petites bêtes étaient susceptibles de se transformer en monstres, il prit sur lui et décida d'être poli :

— Je vous demande pardon, dit-il, je ne voulais pas vous offenser.

Tous les petits cœurs explosèrent d'un rire compulsif et narquois en répétant, *ad libitum*, « vous offenser, vous offenser ! » comme si André venait de proférer une grosse bêtise.

Ni une ni deux, notre homme évalua d'un coup d'œil la distance qu'il lui faudrait parcourir pour se mettre à l'abri de l'autre côté des dunes, s'il prenait à ces pseudo-plantigrades la mauvaise envie de se jeter sur lui pour n'en faire qu'une bouchée, puis, comme il ne se passait toujours rien, sa colère inversa peu à peu le cours intérieur de sa peur, et il serra les mâchoires en s'approchant d'eux, fermement décidé à ne pas se laisser intimider par cette bande de petits crétins qui ne méritaient que de finir sautés à la poêle et au beurre, mais d'en cueillir une bonne poignée d'une main ferme. Il n'eut pas le temps d'accomplir son sinistre projet qu'ils se mirent tous à brailler :

— À l'égorgeur ! À l'égorgeur !!!

Aussitôt, la terre commença à trembler et André perdit l'équilibre. Il se retrouva projeté en avant comme un vulgaire sac à patates, ballotté, affolé, tentant vainement de s'agripper à cette herbe jaune qui lui filait entre les doigts en ondulant comme la toison dorsale d'une chatte en chaleur.

Chaque fois qu'il réussissait à se mettre debout sur ses pattes, une autre secousse le flanquait ventre à terre. À la fin, il resta allongé, bras en croix, priant pour que le prodige s'arrête. L'adaptation terrestre n'avait pas été chose facile et voilà qu'il avait une fois de plus mal au cœur. C'était un comble.

Soudain, alors qu'il fixait un brin d'herbe jaune pour retenir la nausée qui montait, il remarqua que ce dernier poussait au centre d'une petite crevasse, comme un poil sur la peau. Tout autour, d'autres brins prenaient racine de la même façon, à intervalles réguliers, plantés dans cette terre rosâtre innervée d'un réseau de ruisseaux souterrains microscopiques qui remuaient comme des serpents fâchés. Ils dégageaient une chaleur si forte qu'André sentait nettement l'émission rayonnante pénétrer tout son corps.

Depuis combien de temps n'avait-il pas possédé une femme ? Cette pensée le surprit. Dans cette position grotesque et inconfortable, alors qu'il croyait avoir renoncé pour toujours à l'attrait pour le beau sexe (Tanguy, Yannick, Cédric, Pierric, Guénolé, Maryvonne et Gretchen étaient les garants de sa bonne conduite), il repensa au plaisir. C'était tellement incongru, mais d'une certaine façon cela tombait si bien qu'il laissa son imagination vagabonder du moment que l'humeur de son estomac restait fixe.

Se mirent alors à batifoler sous ses yeux, comme derrière la vitre d'une lanterne magique, Jeannine ou son fantôme, la défloreuse de la boucherie Plomeur, toutes les ménagères de Quimper qui y faisaient autrefois la queue, celles qu'il avait aimées derrière la cathédrale. Il revit leurs formes plus ou moins accomplies, épaules, seins, ventres, hanches étroites ou larges entre lesquelles il faisait bon oublier la condition humaine, cuisses, bras, mollets qui se fermaient sur lui pendant l'acte suprême, petits pieds délicieux qu'il se plaisait à mordiller comme ceux que Fernande assaisonnait aux échalotes et au vinaigre, et tandis qu'une odeur particulière et assez chargée, relents de viande fraîche à peine sortie des abattoirs agrémentée d'épices et de fleurs tropicales, planait dans l'air avec ces images, André laissa les mots qu'il croyait effacés à jamais de son langage lui sortir doucement de la gorge, ces mêmes mots qui avaient bercé son enfance en Bretagne et celle de ses marmots : poitrine, joue, culotte, collier, tendron, rognon, jambon, filet mignon, cuisseau, rouelle, jarret, gigot, mots qui semblaient avoir le pouvoir de lui remplir l'estomac et le cœur. Auraient-ils aussi celui d'apaiser la colère de cet animal invisible qui protestait sous ses flancs ? Sans doute. Car petit à petit la terre s'arrêta de bouger, un grand silence se fit. André put relever la tête, regarder l'herbe jaune qui oscillait maintenant au vent léger, jusqu'au bout de la plaine.

Puis les arbres chanteurs, les vagues sur la plage, la brise dans les buissons, tout recommença à vivre. André songea qu'il n'avait jamais autant aimé être un homme, et il se sentit rassasié, détendu, serein, un marin revenu à bon port.

13

— Qu'est-ce que tu fais par terre ? demanda Tanguy à son père allongé les yeux clos, doigts croisés sur le torse, comme un gisant.

— Tu dors ? ajouta Maryvonne.

— Ça va ? dit Cédric.

Le contact avec cette herbe chaude et dodue procurait à André une sorte de plaisir coupable et irrésistible qui s'apparentait fort à de la paresse. Il avait dormi du sommeil du juste. Entre-temps, la nuit était tombée. Égaré dans ces rêves dont on ne sait jamais s'ils se jouent du réel ou y participent, il s'était senti d'abord très heureux d'entendre au loin les voix de ses fils et filles, même s'il ne les reconnaissait pas tout à fait parce qu'elles appartenaient de moins en moins à l'enfance. Sept, il y en avait bien sept. Quand ils furent assez proches, il ouvrit grands les yeux pour les compter comme à son habitude. Il fut frappé par leur taille. Debout, on aurait dit des géants. Comme ils avaient changé… À chaque séparation, fût-elle infime, il lui semblait que le jour approchait où ils ne seraient plus tout à fait ses enfants, mais des hommes et des femmes en âge de le quitter, et cela le rendit soudain très triste comme si ce jour était presque venu.

— T'es tombé ? demanda Yannick.

Fallait-il leur raconter l'intime de ses visions, mais étaient-ce des visions d'ailleurs ?… Dormait-il ? Rêvait-il ? Il ne savait plus très bien.

— Non, je ne suis pas tombé, je vous cherchais, dit-il. Où étiez-vous passés ?

Il y eut un silence qui signifiait que la question, vu leur âge, était déplacée, et il s'empressa d'ajouter, pour les mettre à leur aise :

— Quel mauvais père je suis ! Je vous ai cherchés partout, et je me suis endormi !

Ils haussèrent les épaules et s'assirent tous autour de lui, mais il ne bougea pas, encore engourdi de sommeil.

Dormait-il quand il crut apercevoir, l'espace d'une infime seconde, derrière la barrière lumineuse et roussie de ses cils, deux yeux immenses qui se penchaient sur lui, deux yeux ronds et surpris, comme deux lunes ? Quelque chose vivait sur ce territoire étrange, une chose attentive et sensible, à l'écoute, aussi curieuse et intelligente que le sont les humains. Et il était maintenant certain que cette chose était entrée en contact avec lui. Il y avait eu cette chaleur dans son dos, ces yeux, mais il n'était plus sûr.

— On est sur une île, dit Tanguy.

— Ouais, une île... ajouta Maryvonne, qui n'avait pas l'air de trouver ça particulièrement palpitant.

— Il faudrait en faire le tour, proposa André en se dépliant lentement parce que ses articulations le faisaient souffrir, si on veut être sûr.

— C'est déjà fait, lança Tanguy, comme l'évidence que les soi-disant adultes oublient toujours de regarder en face. On est même allés là-haut. De la montagne, on voit la mer partout !

— Au nord, au sud, à l'est, à l'ouest. Partout ! s'exclama Gretchen, tout à fait joyeuse.

Une île, pensa André, ravi et inquiet à la fois. Ravi à l'idée de se construire une nouvelle vie ici, avec ses enfants trop grands, une vie sur cette terre isolée où personne ne viendrait les lui prendre. Inquiet à l'idée que ce territoire un jour ne puisse plus leur suffire.

— Et vous avez rencontré quelqu'un ?

— Oui. Enfin, pas vraiment, répondit Pierric, en regardant ses pieds.

Il avait pour défaut majeur de ne jamais vous regarder en face.

— Pas vraiment ? reprit doucement André, pour lui donner confiance.

Mais Pierric continuait à regarder ses pieds sans rien dire, et ce fut Gretchen, qui aimait beaucoup parler à la place de son frère, qui prit la parole.

— Y a des yeux partout qui nous regardent.

— Des yeux ?

— Oui. Quand on marche, on a l'impression qu'on nous suit.

— On se retourne, y a personne.

— J'ai vu des yeux dans un arbre, moi ! s'écria Guénolé, le plus jeune des garçons, et tous mirent le doigt sur leurs lèvres pour qu'il ne parle pas si fort.

— Tu as vu des yeux dans un arbre ! ?

— Oui. Deux yeux grands comme des lunes.

— Tu dis n'importe quoi ! Ça n'a pas d'yeux, la lune !

Chaque fois qu'il entendait sortir de leurs bouches les mots qu'il avait dans la tête, André se sentait fondre. Le lien lui paraissait alors encore plus tangible, invincible, l'aboutissement d'une œuvre commencée le jour où sa mère avait découvert le premier des sept petits paniers d'osier que le destin avait posés devant la grille de la boucherie Plomeur. Il reprit :

— Mais s'il y avait quelqu'un, à ton avis, qui ça pourrait bien être ?

— Je ne sais pas, répondit Guénolé, mais moi, j'ai la trouille.

— Alors on s'en va, dit André, en se mettant debout.

Il ne voulait pour rien au monde que ce nouveau territoire semblât plus hostile aux enfants que ne l'avait été la mer.

D'un seul poumon, ils dirent très calmement :

— Non. On reste !

Car cette île leur plaisait et même s'ils en avaient un peu peur, il n'était pas question de la quitter sans avoir tenté l'expérience. C'était comme tomber amoureux. Le risque à courir était aussi important que l'amour à vivre.

— Sauf qu'il va falloir faire gaffe, dit Gretchen, les sourcils froncés.

— Gaffe à quoi ?

— À pas trop déranger, à pas trop l'abîmer, cette île. À bien vivre avec…

— De toute façon on n'a pas le choix, grommela Maryvonne, on n'a plus de bateau. Il est cassé.

— On peut en construire un autre, lui répondit son père, il y a du bois ici.

— Tu sais fabriquer un bateau, toi ?

— Avec votre aide, je suis capable de tout.

— Il serait plus sage de construire une maison, lança Cédric.

Et son ton sérieux de chef de famille flatta André, car il reconnut en lui son propre bon sens doublé d'une énergie créatrice.

Tous les enfants se mirent d'accord en frappant dans leurs paumes respectives. André resta la main tendue, visiblement exclu du pacte.

— Et moi ? murmura-t-il.

Mais ils avaient déjà repris la route.

En les regardant s'éloigner tous les sept d'un pas décidé, têtes hautes, libres et prêts, quand sur le bateau ils dépendaient entièrement de lui, André sentit son cœur s'ouvrir en grand, mais pas seulement son cœur, son corps entier qui lui disait que le voyage, en effet, touchait à son terme.

14

Après de longues heures de marche pendant lesquelles André resta à la traîne, la petite troupe arriva au bord d'une étendue d'eau douce et claire, peu profonde. La nuit était tombée depuis longtemps, mais une blanche clarté sourdait des végétaux et des rochers, qui permettait de voir comme au clair de lune.

Chacun sait que les marins aiment vivre sur l'eau et rarement au-dedans, fût-ce dans une baignoire. Mais ils avaient tellement chaud, ils étaient tellement fatigués qu'André suggéra de faire une trempette, bien qu'aucun des enfants ne sût nager.

Tanguy, Yannick, Cédric, Pierric et Guénolé regardèrent leurs sœurs se déshabiller en ricanant comme des adolescents un peu bêtes. Quand elles furent nues, elles nouèrent leurs cheveux, puis, fortes de leurs origines princières, entrèrent dignement dans l'eau fraîche jusqu'à la taille, narguant les garçons qui ne quittaient pas des yeux, depuis la rive, les tétons fraternels qui pointaient. Émoustillés par ce spectacle, ils finirent par se déshabiller aussi et s'avancer vers elles avec prudence.

André sauta à pieds joints dans l'étang pour les rejoindre, éclaboussant partout autour de lui comme un chiot, criant, clamant sa joie de vivre, mais ses enfants le regardèrent soudain avec une telle surprise, ils avaient l'air si confondus, si ennuyés pour lui qu'il s'arrêta dans son élan. Les sept visages glacés exprimaient cette même stupeur conformiste qu'il savait avoir lui-même affichée du temps de Loïc et Fernande, à la boucherie Plomeur, quand le conflit des générations empêche toute compassion, toute compréhension. Il se sentit vieillir d'un coup. Ses articulations, son dos, sa nuque, tout le faisait souffrir, et il sortit de l'eau aussi vite qu'il y était entré.

Penaud, il resta assis sur la rive, le regard dans le vide. Là-bas, ça rigolait beaucoup, ça jouait aux garçons qui font couler les filles, jeu auquel Gretchen s'avéra une résistante exemplaire et Maryvonne une victime expiatoire parfaite. Tanguy, Yannick, Cédric, Pierric et Guénolé, de plus en plus affranchis dans leurs corps à peine pubères, voyaient pointer, sous leurs nombrils ombrés de duvet blond, de jeunes mâts vigoureux que leurs sœurs admiraient et comparaient, sans rougir. Pour eux, le mal n'existait pas, pas plus que le bien. Rien n'était séparé. Ils vivaient dans leurs corps, sans imaginer qu'ils puissent être autre chose.

Quand un banc de truites passa tout près en leur frôlant les cuisses, les enfants se mirent immédiatement en chasse. Ils en attrapèrent deux ou trois si facilement, à mains nues, qu'on aurait pu croire qu'elles s'offraient d'elles-mêmes en pâture, et que c'était là un acte d'amour. Car les poissons d'eau douce ne se débattaient pas. Ils regardaient leurs tortionnaires avec la compassion des saints qu'on cloue sur la croix, et lorsque les dents blanches et pointues se refermaient sur leur chair, on imaginait presque qu'ils en éprouvaient du plaisir.

Avec toujours le même soin élégant, en faisant bien attention de ne pas y laisser la moindre arête, Gretchen leva elle-même quelques filets qu'elle déposa avec délicatesse sur de jeunes feuilles de bananier, d'un vert tendre, aux pieds de son père. Soudain, André était son obligé. On lui signifiait son congé, comme à l'ancêtre qu'on autorise à finir ses jours paisiblement au coin de l'âtre, nourri d'eau sucrée et de croûtes de pain. Se mêler aux existences des jeunes hommes et femmes en devenir, il n'en était plus question. Prudent, il ne se permit aucun commentaire et mangea son poisson le nez dans son assiette végétale, et quand il eut fini, il vit ses enfants s'allonger les uns à côté des autres pour la nuit, toujours loin de lui.

André commença vraiment à souffrir. Jusqu'alors, il avait été pour eux leur seul prolongement, leur seul territoire possible. Sa cervelle agitée générait interrogations et doutes, mais les questions qu'il se posait restaient évidemment sans réponse, puisque ce n'étaient pas des questions, mais des atermoiements tourmentés et stériles, quand le présent meurt au passé sans avoir encore défini l'avenir. Cette nouvelle distance allait-elle s'établir pour toujours ? Lui serait-il à jamais interdit de les regrouper comme autrefois en un seul corps indissociable, de les voir se lover contre lui, à les serrer, les étouffer, les trop aimer, ses tout-petits ?

Assis sur ses fesses, il se sentit soudain minable, inutile, un mendiant aux portes de l'église, malade de sa peine animale au ventre, ce vide injuste qu'on lui laissait.

Tout en continuant à guetter l'impossible, le miracle chimérique qui lui rendrait d'un coup les poupons d'autrefois avec leurs trombines d'anges, et l'amour inconditionnel qu'ils avaient pour lui, il enfonçait nerveusement ses mains dans le sol, pétrissant la terre entre ses doigts, la malaxant pour en extraire ses dernières forces. Et des effluves montaient, herbes décomposées et crosses écrasées de jeunes fougères, exhalaisons d'écorces, lait aigre des fruits pourris et des larves, qui, mêlées aux humus moites et tièdes, s'évaporaient des tissus conjugués et profonds qu'il meurtrissait de ses longs ongles noirs.

Peu à peu, la dissipation des sucs dispensa tout autour de lui une légère brume dont les contours et les émanations subtiles éclairèrent peu à peu le mystère qui planait sur la nature profonde de l'île sur laquelle ils étaient échoués. Cette terre sentait la femme. Mais pas n'importe quelle femme, une femme à laquelle il n'avait pas encore goûté. Sauvage, barbare, à l'animalité intacte, femme-chair jamais touchée, jamais domptée, jamais aimée, femme-bifteck née d'elle-même et non d'une côte ou d'une imagination d'homme.

Et, tandis qu'il renversait sa tête en arrière, cherchant dans les étoiles qui scintillaient en haut du ciel une aide providentielle au malheur qui s'était abattu sur lui, ôtant de sa vie tout son sel et son sens, il vit remuer imperceptiblement les cimes des arbres sous lesquels les enfants dormaient, puis leurs branches et jusqu'aux plus basses qui se penchèrent sur eux pour les protéger du froid, comme des couvertures.

La terre en eux avait pris place et bientôt elle prendrait toute la place. Ils étaient devenus mortels.

Alors, avant que la caresse du jour affleure à l'horizon, sans faire le moindre bruit, il rampa pour baiser un à un ces fronts qu'il aurait voulu bénir. C'était dans le don qu'il s'était le mieux accompli et il ne voyait pas d'autre avenir pour lui.

Il prit son courage à deux mains et regarda droit devant lui, vers l'ouest. Il crut apercevoir au loin son propre avenir. Et il pressa le pas, car il ne voulait rien perdre du jour qui allait naître.

15

Qui n'est pas devenu marin sans avoir au fond du cœur envie de voir la mer, même de son tombeau ? André choisit un petit coin tranquille à la lisière d'un bois aux arbres parsemés, sorte de vallon en pente douce pris entre deux collines oblongues et lisses, sous les montagnes. Il faisait encore sombre lorsqu'il commença à creuser, à quatre pattes. Rapidement, le fossoyeur en herbe obtint une tranchée d'une longueur et d'une profondeur acceptables pour qu'un homme de sa corpulence puisse s'allonger en toute dignité, sans risquer de laisser dépasser malencontreusement un nez, un ventre ou Dieu sait quelle proéminence absurde, dangereuse pour un promeneur solitaire et distrait. De sa cachette, André savait qu'il aurait, dès le lever du jour, une vue magnifique sur l'île. Il voulait une dernière fois embrasser l'univers visible avant de passer dans l'autre, celui sur lequel on racontait tant de choses qu'on ne pouvait pas vérifier, puisque personne n'en était jamais revenu. Il se coucha dans la tranchée, sur le dos, les mains jointes. L'aube pointait à peine.

S'enterrer soi-même n'est pas une opération facile. Se noyer lui avait semblé au premier abord plus logique puisqu'il ne savait pas nager, mais l'idée de toute cette eau salée lui entrant par le nez et la bouche, engorgeant sa trachée-artère, ses poumons, jusqu'à l'étouffement, non, vraiment, même s'il avait appris à aimer la mer, son élément c'était la terre, cette terre qu'il avait longtemps apparentée à la seule matière, quand la matière elle-même, il l'apprenait à ses dépens, était sainte et sacrée.

Comme un condamné à mort s'octroie une dernière cigarette, avant de fermer les yeux sur ce monde, il se permit d'observer un banc de nuages roses qui s'effilochait avec l'aube, puis il se récita vaguement (bien qu'il ne crût plus à l'instant à grand-chose) un petit Notre-Père pour se donner du baume au cœur. De ce dernier voyage, il n'imaginait rien, sinon qu'il y laisserait son corps.

Alors qu'il tentait de rassembler maladroitement ce qu'il avait de terreau autour de lui pour s'ensevelir, il sentit tout à coup quelque chose bouger imperceptiblement sous ses fesses. Il pensa immédiatement à l'un de ces gros lombrics jovials et rubiconds à qui il allait servir de casse-croûte, et qui se montrait là d'une impatience écœurante ; il changea donc de position pour que l'annélide cesse de lui titiller le sacrum, mais le chatouillis recommença, cette fois sensiblement plus insistant, du genre : « Mais qui êtes-vous, jeune homme ? »

André s'assit d'un bond et écarta les cuisses. Il voulait voir en face qui l'osait troubler dans cet instant si solennel. Il ne vit pas grand-chose, sinon qu'à cet endroit la terre était devenue plus humide et meuble. En dessous, même si on ne voyait toujours rien avec précision, l'œil pouvait deviner une activité intense, humeurs, flux et reflux d'atomes et d'ondes invisibles au regard de l'homme, fluides que l'esprit d'André appréhenda comme la quintessence du savoir. Prudemment, il s'aventura à gratter l'emplacement suspect du bout d'un doigt de pied, mais le pied tout entier ne tarda pas à s'enfoncer et, ma foi, la sensation fut plutôt agréable. C'était chaud là-dedans, on se sentait chez soi. La cheville suivit, puis la jambe tout entière, et après avoir glissé la seconde dans l'orifice qui ne cessait de s'élargir, notre ami se retrouva pris jusqu'à la taille.

Allons bon, pensa-t-il. Voilà que je meurs debout. L'idée ne lui déplut pas. Après tout, la position du capitaine sombrant avec son navire valait bien une chandelle. Il se pinça le nez, prêt à l'engloutissement final dans la moiteur tiède et miséricordieuse, et il leva une dernière fois les yeux vers l'île, comme pour lui dire adieu.

Le soleil n'était pas encore apparu, mais on commençait à mieux voir le contour des montagnes. Deux lunes assez proches l'une de l'autre brillaient insolemment au-dessus des plus hauts sommets, deux lunes qui le fixaient comme les pupilles d'un même regard. André leur fit un signe amical, débonnaire et royal, après tout, pourquoi ne pas finir en beauté, et il lui sembla qu'on lui répondit d'un imperceptible battement de cils. Certain d'avoir rêvé, il réitéra son geste, et on lui répondit encore, il en aurait cette fois donné ses dix doigts à couper au hachoir, par quelques délicats clignements d'œil, invitation à explorer plus avant ce dernier sommeil.

Ni une ni deux, il bloqua sa respiration, tendit encore une fois l'oreille. Là-bas, aucun enfant n'appelait au secours, aucun remords vivant ne cherchait à le renvoyer à ses obligations passées, il n'avait rien à regretter, ils étaient libres. Pour la première fois, André pensa que le monde était bien fait et il ne regretta pas d'être né ni d'être obligé de mourir. Il plongea dans l'abîme.

Au premier soubresaut, il fut surpris, dérangé dans son nouveau bien-être. Sous terre, il se sentait tout à fait à son aise. Après tout, ici ou ailleurs, quelle importance cela pouvait bien avoir puisqu'il n'y avait plus de raison de penser, de s'inquiéter, l'angoisse de la solitude elle-même avait disparu.

Au second, il se força à répondre en remuant un peu les épaules et les jambes qu'il avait prudemment repliées sur son ventre.

Au troisième, il eut nettement l'impression qu'on attendait de lui un signe, une manifestation quelconque, preuve qu'il aurait bien reçu le message, sans trop savoir lequel. Parce qu'il ne voulait pas paraître indélicat ni grossier, il se déplia tout entier et renversa le cours des choses en se plaçant tête en bas, un peu comme ces bébés dont on dit qu'ils se présentent par le siège et se retournent enfin, juste avant la naissance, évitant aux mamans les dommages que l'on sait. Ses orteils dépassèrent un moment de la glèbe, et il les rentra vite, de peur, irraisonnée bien sûr, qu'une main étrangère ne s'en empare, un fantôme qui le ramènerait malgré lui dans un monde dont il ne voulait plus.

Au quatrième, il commença à avancer, lentement d'abord, en pliant les genoux, puis en jouant des coudes par à-coups, avec méthode. Que pouvait-il bien y avoir là-dedans qui soit capable de telles manifestations ; mais y avait-il quelque chose sinon le néant qui n'a aucun visage ? Et pourquoi continuer à chercher des réponses quand il voulait justement ne plus penser, ne plus aimer, et, surtout, ne plus rien sentir ? Malgré tous ses efforts, tandis qu'il se traînait vers cette quête ultime, il ne pouvait pas s'empêcher de s'interroger.

Et puis, soudain, il l'entendit. Un souffle d'abord, du vent dans les cheveux. Un soupir ensuite – mais était-ce un soupir ? – un autre ; non, il ne rêvait pas. Il connaissait cet air chaud né du plus profond plaisir. La source exprimée du désir. Il avança encore et entendit plus nettement le timbre de la voix, féminine bien sûr. Une voix familière, une voix qui appelait jusqu'à ses entrailles. Et il continua à ramper, avec la conviction du boucher d'antan qui savait faire chanter le bifteck. Et chaque fois qu'il s'enfonçait un peu plus dans l'abysse, la voix cédait dans un spasme.

16

Concentré, absorbé, laborieux, André allait donc son chemin. De temps en temps il s'arrêtait, épuisé, ses coudes lui faisant mal. Il tendait les deux mains en avant, espérant écarter la taie qui dissimulerait à ses yeux une quelconque vérité sur ce monde, il n'y avait jamais rien. Alors il repartait à l'œuvre, puisant dans l'épuisement une énergie surhumaine.

Un dernier effort, pensait-il, un ultime coup de reins, bientôt je ne serai peut-être plus qu'un petit tas de particules en décomposition.

Et soudain, il la vit. Il vit le contour encore flou d'un visage, un visage beau et grave dans son plaisir. Et ce visage aux yeux entrouverts dont on distinguait à peine les pupilles vert pâle nageant dans le blanc bleuté des yeux, ce visage renversé, offert aux assauts répétés de celui qui venait à sa rencontre, ce visage ultime, à la bouche légèrement entrouverte, aux lèvres soyeuses et humides, voilà qu'il commença à s'approcher, à s'offrir de lui-même. André n'en attendait pas tant. Il se tendit tout entier vers lui, prêt à se fondre enfin dans ces ultimes épousailles.

Les enfants entendirent un grand cri, et la terre se mit à trembler, les montagnes vacillèrent au loin. C'était un cri terrible et impétueux, un cri de révolte capable de fendre l'univers en deux. Ils ne savaient pas d'où il avait surgi, ni quand il commença, ni quand il finit, parce qu'il dura longtemps. C'était un cri qui dépassait l'entendement. Il semblait sortir de partout car il était partout, et ils eurent même l'impression, un moment, qu'il y avait deux voix réunies qui n'en formaient qu'une seule.

L'île entière tangua, et s'immobilisa, comme prête à basculer dans l'infini, puis soudain tout se rétablit, et le cri s'arrêta. Il y eut un silence grave comme dans une église, puis tout recommença à vibrer, de plus en plus fort – une secousse entre sanglots retenus et hoquètements d'un plaisir diffusé du sol aux sommets des montagnes.

Tombèrent alors du ciel, comme des météores, tous les morceaux du bœuf, du mouton, du veau, du cheval, du cochon, côtelettes, épaules, palettes, palerons, colliers, filets, faux-filets, filets mignons, tranches grasses, moins grasses, langues, rognons, ris, foies, cervelles, onglets, entrecôtes, aloyaux et, ô merveille, incroyable merveille, parmi toutes les variétés de biftecks existant sur cette terre, la sublime, l'éternelle, l'absolue, la magique araignée, qui avait fait la gloire et la fortune passée de la famille Plomeur, du temps de la guerre de 14, à Quimper.

Épilogue

On dit que la grande faille du fond de l'océan Atlantique se referma d'un coup, propulsant les enfants aux quatre coins de ce continent tout neuf. La violence de la secousse sismique fut d'une telle intensité sur l'échelle de Richter que les contours de l'île s'en trouvèrent modifiés. Elle s'étira du nord au sud, d'est en ouest, comme s'il était de son devoir soudain d'être plus accueillante et vaste, ouverte à ceux qui avaient fait l'effort de venir jusqu'à elle et décidé d'y vivre, assez grande en tout cas pour ne plus avoir à porter le nom d'île.

Même si les jeunes adultes se retrouvèrent soudain très éloignés les uns des autres, ils acceptèrent leur sort avec confiance. Après tout, ils n'en étaient pas à leur premier naufrage.

Ils continuèrent à communiquer par l'esprit, s'adaptant à leurs nouvelles existences en inventant chacun la sienne. La lente et précise observation des astres, comme autrefois sur la mer, la connaissance qu'ils avaient maintenant de la terre, des vents et des nuages leur permettaient de savoir exactement où ils se trouvaient les uns par rapport aux autres, de lire dans leurs pensées.

D'abord, comme chacun était seul, on se mit au travail. On explora ces nouveaux territoires comme on avait déjà exploré l'île. Il ne dépendait que de soi de les façonner à son image puisqu'ils regorgeaient de tout ce dont les hommes ont besoin pour vivre et s'épanouir. Ils défrichèrent, plantèrent, peuplèrent ces territoires infinis, car d'autres êtres humains finirent par apparaître aussi, comme nés de leur solitude. Le temps passa, les liens entre eux ne s'étaient toujours pas rompus : Tanguy, Yannick, Cédric, Pierric, Guénolé, Maryvonne et Gretchen continuaient à rêver les uns des autres, dans l'espoir du moment qui les verrait réunis pour toujours.

On connaît la suite. Gretchen eut l'idée la première. Elle essaya avec un peu de farine, deux œufs et du lait battu. Ce fut une autre catastrophe. Une crêpe ne se fait pas sans tour de main, sans un minimum d'expérience. La pâte, à la cuisson, au lieu de s'étaler en une fine couche frémissante et pâle, aux contours dorés, dont chaque cloque explose mollement en embaumant l'air, se mit à monter, monter comme un soufflé en colère, rétrécissant par la base, puis retomba en une sorte de petit pain informe. Elle le goûta avec méfiance. Il n'était pas mauvais. Elle fit une seconde tentative, une troisième et, comme le résultat était toujours aussi médiocre (comment, alors qu'elle y mettait tout son cœur, pouvait-elle aboutir à une telle négation de ses origines bretonnes ?), elle choisit parmi ces petits pains malformés celui qui lui sembla un peu plus abouti, c'est-à-dire plus centré sur lui-même, qu'elle envoya sous le nom fallacieux de « petit pain français » à sa sœur Maryvonne dont elle espérait un avis.

Pourquoi Maryvonne, depuis quelques mois, s'était-elle lancée dans la confection des saucisses ? Par nostalgie de sa grand-mère Fernande qu'elle avait à peine croisée à la boucherie Plomeur et qui ne l'avait jamais prise dans ses bras ? Improbable. Mais c'était bel et bien devenu une obsession.

Dès l'aube, elle ouvrait un œil pour se mettre au travail, quand deux secondes plus tôt des chapelets s'agitaient sous ses paupières en dansant la gavotte. Le soir, elle se mettait au lit en sachant qu'ils allaient ressurgir Dieu sait d'où, plus déchaînés encore. Elle en pleurait de rage. Car son cerveau refusait d'accoucher au grand jour de la botte secrète de la regrettée grand-maman. Le sang bleu qui coulait dans les veines de la future parturiente rendait-il impossible la connexion des neurones entre eux ? Si la mésalliance a ses lois, Molène refusait visiblement toute cohabitation avec les origines princières de sa descendante. Et pour cause. Maryvonne ne savait pas que pour faire des saucisses, on usait du cochon, pas du buffle, encore moins du bison. La distinguée avait beau pétrir du bifteck, y ajouter du gras, des épices, bourrer les boyaux évidés et lavés à la main, cherchant tel un scientifique l'équation exacte, le résultat n'était pas dans l'assiette. Les saucisses qui avaient fait la fortune de la famille Plomeur du temps de sa splendeur demeuraient l'exception culturelle.

Le jour où le colis envoyé par sa sœur arriva chez elle, Maryvonne était en train de regarder mourir dans la poêle à frire un de ses ultimes petits boudins mollasses qui chouinait en se répandant sur la fonte comme en lamentations. Elle eut l'idée de glisser la chose qui tenait davantage de la semelle dans le petit pain rond qu'elle venait de recevoir de sa sœur, et qu'elle avait fendu en deux. Non sans une certaine méfiance, elle se préparait à mordre dedans quand elle pensa à son frère

Tanguy qu'elle aimait tendrement, et qui était gourmand, et pas trop regardant. Elle songea que le geste affectueux d'une sœur suffirait à lui faire avaler la teneur du cadeau.

Tanguy, de son côté, s'était lancé dans la culture des oignons, mais pas n'importe lesquels. C'était une variété à chair blanche et rose, goûtue et juteuse à souhait, qui ressemblait à s'y méprendre à celle qu'on trouve dans la région de Roscoff. Il en avait découvert ici quelques plants à l'état sauvage, dont il tentait maintenant la culture intensive. Quand le petit pain rond garni lui arriva du ciel, il venait de sortir de la terre qu'il avait défrichée lui-même un premier oignon nouveau-né, juste arrivé à terme. Afin de rafraîchir le pain et donner du goût à la viande, Tanguy eut l'idée d'y adjoindre quelques rondelles de cet oignon tout neuf. Il allait croquer à pleines dents dans le pain ainsi revalorisé quand il pensa à son frère cadet, Yannick, certain qu'il n'avait pas eu autant de chance que lui, en tout cas pas un grand champ d'oignons tout neufs qui dormaient tranquillement, attendant la récolte. C'était son cœur d'aîné qui parlait. Et il lui renvoya le paquet.

Mais Yannick n'avait pas du tout faim, au contraire. Ce petit malin s'était lancé dans la culture des tomates qui poussaient comme des topinambours sous le climat humide et tiède sous lequel il évoluait. Il avait bouturé des plants, cherché à optimiser les différentes espèces, sélectionnant les meilleurs fruits pour qu'ils gagnent en vigueur et en taille. Plus que verte, il avait la main bienheureuse, et il ne savait plus quoi faire de ces satanées tomates dont il amassait par quintaux les variétés diverses, toutes plus exceptionnelles les unes que les autres, et qui faisaient aussi l'ordinaire de sa nourriture.

Il venait d'avoir l'idée d'en ébouillanter quelques livres pour mieux les peler et en recueillir jus et chair. La pâte ainsi obtenue, salée, sucrée au sirop d'agave, relevée de poivre noir et de piment doux, était encore à épaissir. Quand il ouvrit le petit pain rond avec viande et oignons, il pensa y ajouter une cuillerée de cette préparation mystérieuse, fraîchement sortie de son imagination, sans savoir si l'idée était bonne où gâcherait le cadeau familial. Et comme il venait d'engloutir son propre poids de tomates quotidien et qu'il frôlait l'indigestion, il pensa à son frère cadet qui vivait en nomade ; ce serait pour lui un repas digne de ce nom, et il lui renvoya le paquet providentiel.

Cédric aimait les hauts plateaux, la montagne, préférait les points de vue dominants aux plaines qui lui donnaient l'impression d'être au fond d'un bocal, observé par Celui qui d'en haut ne lui laissait jamais assez d'air. Il préférait les étendues rocheuses et stériles aux champs bien cultivés et sages, l'errance au but qu'on se donne à atteindre, la vie spartiate à l'abondance de biens. D'ailleurs, il dormait toujours à la belle étoile, nostalgique de ce pont en bois vermoulu et salé où sa tête avait souvent roulé de droite à gauche en rêvassant à ce nouveau monde qui ne l'était plus assez pour lui, ne demeurant avec son maigre troupeau, une trentaine de bêtes à peine, jamais plus d'un jour et d'une nuit sur le même flanc de coteau, amoureux du mouvement qui lui rappelait cette enfance maritime qu'il ne se résolvait pas à perdre.

Quand il reçut l'objet, il prit le temps de l'observer, d'y déceler ce que chacun de ses frères et sœurs y avaient mis d'eux-mêmes. Ainsi il retrouva Gretchen, Maryvonne, Tanguy et Yannick, et il resta longtemps, le plus longtemps possible, avec eux dans les mains. À l'aune de cette racine indestructible que leur passé commun avait nouée pour leur avenir, il essaya de se souvenir de tout ce qu'ils avaient vécu ensemble et qui ne survivait plus au présent qu'en un seul sentiment enfermé sur lui-même, une simple sensation.

Il n'avait rien mangé depuis deux jours. Mais il ne lui vint pas à l'idée de croquer dans le petit pain rond épicé garni d'un peu de viande, d'oignons et de sauce tomate. Il se demanda plutôt ce qu'il pourrait bien y ajouter pour en améliorer l'aspect ou le goût, une signature en quelque sorte qui perpétuerait ce qui pouvait devenir une sorte de tradition familiale.

Il farfouilla dans sa besace, n'y trouva rien qu'un rogaton de fromage un peu sec qui provenait du lait de ses chèvres, lait qu'il vendait en échange de deux ou trois tommes qui lui faisaient le mois. Il le coupa délicatement en fines lamelles – il était économe et pauvre – qu'il déposa affectueusement entre les oignons de son frère Tanguy qu'il souleva de la pointe de son couteau, et la viande de sa sœur Maryvonne dont la vue lui confirma qu'il n'aurait jamais pu, malgré l'amour qu'il lui portait, y goûter. Car il était maintenant végétarien comme autrefois Gretchen, ce qui prouve bien que ce qu'on est enfant n'augure pas toujours de ce que l'on sera adulte.

Puis il referma le petit pain providentiel qu'il renvoya ainsi à l'avant-dernier-né des hommes de la lignée Plomeur, Pierric.

Pierric n'avait pas encore choisi de métier, ni même d'occupation. Il s'ennuyait comme s'ennuient souvent les enfants à qui on a ravi la place tant convoitée de petit dernier et qui n'ont plus de grands frères pour le leur rappeler, ni de sœurs pour les martyriser ou les consoler.

Il regarda longtemps la chose étrange posée sur ses genoux sans pouvoir la toucher, telle une vieille lampe à huile dans laquelle se cacherait un mage endormi là depuis des siècles et qui pourrait, grâce à une formule magique, en sortir pour exaucer tous ses vœux. Mais par lequel pourrait-il bien commencer ? Il y en avait tant qu'une seule vie ne suffirait pas à les réaliser tous.

Alors il se dit que le mieux serait d'y goûter. Tant pis pour Guénolé. Ainsi communierait-il avec ses aînés, ainsi seraient-ils avec lui et à lui pour toujours. Et il mangea lentement le pain qui commençait à rassir, la viande un peu séchée, mais encore savoureuse, conservée par la sauce rouge pimentée et un peu sucrée, les oignons roses qui craquaient sous ses dents en lui picotant l'intérieur du nez, le fromage au goût de noisette et de foin séché qui lui rappela jusqu'à l'odeur de sciure qui traînait sur le carrelage de la boucherie Plomeur.

Il savoura tout cela avec un plaisir concentré, les narines dilatées, les papilles en éveil, heureux.

À peine eut-il terminé qu'il regretta son geste. Ravir à Guénolé sa part d'héritage, c'était s'empêcher d'en jouir tout à fait. Alors il s'empressa d'envoyer un message aux auteurs de cette divine nouveauté, pour les féliciter, mais aussi pour les réunir tous en un colloque exceptionnel. Car il voulait tout de suite un autre petit pain fourré à offrir à son frère, et il savait qu'un second ne tarirait pas son plaisir, ni un troisième, et qu'il ne serait pas le seul.

En effet, quelque temps plus tard, devant la famille enfin réunie, Guénolé goûta, apprécia et approuva l'objet de tant d'attention fraternelle au point qu'il en redemanda. Et comme il était doué en tout, et en particulier pour le commerce, il proposa à ses frères et sœurs de rendre célèbre l'objet qui méritait, selon lui, jusqu'à l'immortalité.

Ainsi naquit le premier hamburger, qui fit une fois de plus la fortune de la famille Plomeur, où l'on sait.

Du même auteur :

LÉGER, HUMAIN, PARDONNABLE, Seuil, 2008.

Composition réalisée par FACOMPO (Lisieux)

Achevé d'imprimer en janvier 2012 en Espagne par
BLACK PRINT CPI IBERICA, S.L.
Sant Andreu de la Barca (Barcelone)
Dépôt légal 1re publication : janvier 2012
LIBRAIRIE GÉNÉRALE FRANÇAISE
Édition 02 – janvier 2012
31, rue de Fleurus – 75278 Paris Cedex 06

31/6173/4